邱小姐

秒表

咸鱼 著

Copyright Information

This is a work of fiction. Similarities to real people, places, tittles or events are entirely coincidental.

邱小姐 秒表

First Edition. May 31, 2024.

Copyright © 咸鱼

Written by 咸鱼

www.murphyseyes.com

E-mail: murphy@murphyseyes.com

本作品纯属虚构。时间、地点、人物、名称和事件等如有雷同，纯属偶然巧合。

目录

第一章　　秒表

第二章　　319案

第三章　　私人会所劫案

第四章　　阿斯塔纳的演出

第五章　　逝者的独唱音乐会

第六章　　和总统们的密谈

第七章　　我不是"邱小姐"

第八章　　伏尔加河畔的雅罗斯拉夫尔

第一章　秒表

　　夜色沉沉，透过飞机的舷窗向下望去，泉州的夜晚"灯火万家城四畔，星河一道水中央。"

　　飞机开始下降高度了，邱添把头从舷窗前移开，又重新靠到了夏晓宇的肩上，轻轻地闭上了双眼。

　　虽然幸福和喜悦是从不迟到的，但南方的小年却总是比北方的晚到一天。刚刚过完北方的小年，邱添和夏晓宇又在南方的小年这天一起乘飞机到泉州，和正在泉州过冬休养的妈妈短暂相聚，小住到腊月二十七。

　　休探亲假的李常春两天前就已经到了，他和邱清丽一起过春节，初七才会返回二局培训中心。

　　虽然是到泉州探亲，但邱添还要顺路出趟差。腊月二十八夏晓宇自己先回北渡了，邱添要去广州和二局华南处的项温玉处长以及政委张正新见面,届时邱添会带给华南处一项秘密任务。

见到邱添,项温玉处长还是有些掩饰不住内心的惊讶。郝局长倒是提前和项处长打过招呼了,要去广州的邱副局长比较年轻,但项处长显然对"比较"两个字理解得不够透彻。总参二局是战区级单位,副职至少应该是中将军衔,他完全没想到邱副局长竟是如此的年轻,30岁的中将他还没有遇到过,甚至没有听说过。邱添穿的便装,项处长也没办法通过勋表大致了解邱添的履历,二人又是初次见面,当面打听这位新领导的背景多少显得有些不太稳重,好奇也只好暂时留在心里了。

简单寒暄之后,邱添便直接切入了正题。

二局在美国的情报人员传回重要的信息,美国国防部已经掌握了火箭军在广东和广西两省部署的全部详细资料,美国获得的情报甚至已经细致到了连级单位的驻地和干部名单,提供情报的人是五角大楼在中国军方的卧底,目前只知道这名卧底的代号是"秒表",但并不掌握"秒表"的任何其他信息,甚至连性别都不知道。

华南处的任务是排查南部战区相关人员,确定南部战区任职人员中的嫌疑人。二局会同时对更高层级的人员进行排查甄别,争取尽快找到"秒表"。

布置完任务,华南处汇报了他们手上刚刚接到的一个案子,向邱添征求处理意见。

上海慈济健康集团专营健康体检和第三方医学检验,旗下在全国 40 多个大中城市设有体检中心和医学检验中心。

上海慈济的老板贾济慈是国内知名的企业家和公益人士,"慈济"旗下的所有单位在全国范围统一执行一项特殊的公益政策,即每周三和周六晚 7 点至 10 点免费为低收入群体体检,每周日为前 200 名通过网站和手机应用程序预约的当地居民免费体检,全天为公安干警和军人及军属免费服务,这一政策为慈济集团赢得了良好的社会声誉。

两个多月前，广州的一座商务办公楼"秀中大厦"发生窃案，写字楼的物业向警方报案，警方很快破了案，抓到了两名窃贼之一，他供出了自己的同伙，也交代了实施盗窃的过程，其中包括从租用秀中大厦 4 层的"广州慈济体检和医学检验中心"的一间办公室内盗走了 30 余万现金、2 台笔记本电脑和一些其他物品，但"慈济"并没有报案，而且警方在案发后就盗窃案走访调查时，慈济对警方称自己并没有被盗。

几天后，这名窃贼的同伙被人打成重伤后扔在了路边，被好心的路人送医时医院报了案。民警询问他，这个盗贼拒不说出自己被打的实情，后来被带回分局审问盗窃案时才被迫一并交代了自己被打的经过。

这名窃贼叫齐亮，和已经被捕的同伙是大学同学，二人都是工科背景，因为好吃懒做最终选择他们心目中的人生"捷径"。两个人专门在写字楼行窃，专偷体积小价值高的电子设备倒卖给电子商城的下家，要是行窃过程中再得手些现金，那就是给自己发奖金了。许多受害企业觉得损失不大，又嫌报案麻烦，最终选择了保持沉默或者只是向物业投诉，两个人的盗窃行为也没有引起太大的关注，反倒越干越顺手了。

同伙被抓后，齐亮急忙新租了房子躲了起来。结果警察没找到他，他却被四个不认识的大汉弄到了一个破厂房里，要拿回他从"慈济"偷走的两台笔记本和一块移动硬盘。

一顿暴打之后齐亮就知无不言了，他告诉了对方电子商城接货的下家。不料对方又打了他一顿，在把他扔到路边之前告诉他，他从慈济偷走的现金就算是封口费和医疗费了，如果齐亮嘴不严，或者他们找不到笔记本电脑和硬盘，那30万就要用来买墓地了。

齐亮还是留了一手，他没有把硬盘卖掉，而是藏了起来。他告诉警方，移动硬盘里面有海量的个人信息和对应的"缺氧核酸"记录，他本打算出售个人信息的，那样能赚到的钱比起只卖掉硬盘不知道要多出来几万倍呢。

警方追查发现电子商城的赃物买家已经失踪,按齐亮所说的埋藏地点起获那块移动硬盘后发现,齐亮说的"缺氧核酸"是DNA测序和基因组数据,被测人员数量庞大,个人信息记录详细齐全。而按照"慈济"的营业范围,他们是不能开展DNA测序的,显然慈济涉嫌非法收集个人信息和非法采集、测序中国公民的DNA。因为资料中的人员信息涉及大批的现役军人及军属,警方把情况通报了部队保卫部门。

"项处长,贾济慈人在哪里?"邱添问道。

"他前两天从美国回来后直接到了广州,之后就回上海了。据最新情报,他春节期间要回湖北武汉的老家过年,再往后的动态还不清楚,也没有预定任何机票和火车票。"

邱添点点头,对项处长和张政委说道:"我们这样安排吧。第一,请华南处和广州警方协调,毕竟涉及到现役军人和军属,这个案子咱们二局接手了。第二,今天已经是腊月二十八了,暂时不要动"慈济"。

华南处立刻监控贾济慈本人，等到统一行动时再抓捕。第三，我会安排除夕晚上十一点半全国统一行动，突击查封各地"慈济"的场所，抓捕核心人员。第四，这次统一行动由华南处统筹落实，案件由华南处负责侦办，其他地区的证物和嫌疑人都会移交给华南处，结案后上报局里。第五，华南处是最早知道任务安排的，注意保密。"

项处长迟疑了一下，还是说出了心中的顾虑。"我们要不要先深入调查一下，再采取行动。像这种全国行动，慈济又是全国知名企业，我是怕万一..."

"我们本来就是后知后觉，敌人行动在先，我们发觉在后，我们只有行动迅速才能弥补时间上的落后。先把人和物证控制在手里，之后再深入调查也方便。"看到邱添很坚决，项处长虽然心中疑虑尚存，但也没有再坚持。

见邱添只身一人来的广州，政委张正新关切地问："邱副局长，我看您没带警卫员，也没带秘书，又是便装。现在是年底，治安比平时乱些，您看要不要我们华南处安排两个人送您回去？"

"谢谢政委！我这次是探亲加上出差，特意没有让秘书一起来。是我自己和局里要求的不配警卫员，我已经习惯自己一个人了。眼看就要过年了，也不麻烦咱们华南处的同事送我了。"

"千家笑语漏迟迟，忧患潜从物外知。"

春节期间二局领导值班，除夕值班的是副局长马啸，初一是郝局长，邱添年前已经去看过妈妈了，初二也就不再回娘家了，于是被安排在初二值班。

除夕凌晨一点刚过，郝局长打来电话。

"局长，新年好！给您拜年啦！"

"新年好！新年好！邱添啊，你在哪儿呢？"

"我和夏晓宇刚从婆婆家出来，正在回梧桐街的路上。"

"那正好。你马上到局里来一趟,直接到内保处的3号会议室。我已经让司机连派车去梧桐街接你了,你就别自己开车了。你按三级任务带上武器。"

见人已经到齐了,值班的马啸副局长开始通报情况。贵州某地的一处水库大坝在除夕晚上11点多被人用爆炸物破坏,坝体垮塌导致洪水淹没了下游的8个县和2个市,目前已经导致230多人死亡,大量农田和房屋被淹,附近的驻军已经赶往救援,具体损失仍在统计中。几乎就在爆炸发生的同时,互联网上就出现了大量消息,绝大多数都是在说中国政府用歌舞升平来粉饰太平,根本不顾百姓死活。

公安和武警在现场附近抓到了5个嫌疑人,已经搭乘军机押送二局。事件暂时被定性为恶性恐怖袭击,由二局紧急审讯,查明实施恐怖袭击的人员身份和幕后操控者。

神色凝重的郝局长看了一眼关栋天,见关主任摆了摆手,郝局长便开始分配任务了。"邱添负责突审,先从一、两个嫌犯身上快速打开突破口。欧阳,你们'三大金刚'根据突审的结果快速拿下其他人。"他又看了看政委:"政委?"

"除夕搞恐怖袭击,同时还搞网络舆论战,居心叵测,性质极其恶劣,已经惊动了中央和军委。我们要快,要坚决,同时注意影响。"政委表了态。

"分头准备吧,人押到了就立刻开始。"郝局长命令。

邱添围着站成一排的5名嫌疑人转了两圈之后停在了两名外国面孔的嫌疑人面前,扫视了一下两个人,用英语问道:"你们讲哪种语言?"

见没有人答话,邱添指了指看上去更魁梧的一个。"现在让我们假设你们讲英语,就从你开始吧。你叫什么名字?"

见对方不回答,邱添似乎是在自言自语:"那你叫'约翰'吧,很高兴认识你,约翰。"

解剖室里的暖气早已经被关掉了,被反铐着双手躺在解剖台上的"约翰"警觉地环视着自己的身周,室内惨白的灯光显得有些刺眼和清冷,不锈钢的家具和各式手术器械幽幽地透出一股寒意，化学试剂的味道并不能给他带来愉悦的感受，而身下的不锈钢解剖台则可能是他有生以来躺过的最冰冷的"床"了，寒气透过紧贴着不锈钢台面的裸露的肌肤直达骨髓。

已经有人把邱添需要的物品用器材车推到了解剖室里，邱添看了看"约翰"，从器材车上搬起一部台钳放到解剖台上调整好位置，把"约翰"的右侧脚踝放到台钳上，开始不紧不慢地摇动扳手，随着一阵并不太响亮的金属摩擦声，台钳地夹住了"约翰"的踝骨。

邱添突然用力旋转台钳的扳手，一阵剧痛从脚踝直冲"约翰"的额头，他惨叫一声，使出了全身每一块肌肉的力量，整个上身坐了起来，邱添抬手一掌劈中他的喉结处，"约翰"重重地躺倒回解剖台上，痛苦地呻吟着。

"原来你是一个会发出声音的生物，我想我们还是可以尝试继续交流的。"邱添用另一部台钳夹住了"约翰"的左脚踝。躺在解剖台上的"约翰"并没有感觉到左脚特别的疼痛，他心里猜测着也许对方只是想要用重物固定住他的左腿，但并没有打算对他的左脚踝做其他的事情。

邱添从器材车上接连搬下三个防洪沙袋整齐地摞放在"约翰"的胸口上，接着打开了冲洗解剖台用的水管的龙头，用手试了试从软管中流出的清水的温度，开始向防洪沙袋上浇水。冷水沿着沙袋的外壁流淌下来，打湿了"约翰"裸露的上半身，又顺着台面流向"约翰"的脚下，借助着解剖台的不锈钢台面把刺骨的寒冷传递给了"约翰"的背部、腰部和双腿，自己却调皮地从解剖台的下水口溜走了。

沙袋渐渐被打湿，沙袋内饥渴的沙粒因为疯狂地吸吮水份而变得越来越沉重，并最终把这种沉重传递给了"约翰"的胸口，使得"约翰"逐渐感到窒息。

邱添旋动台钳的手柄，难忍的刺痛从"约翰"的左脚踝直达他的全身，他感到脚踝处开始发热，这种热度不但没有使他感到温暖，反而让他在疼痛之外感到灼烧和奇痒，似乎有无数的小虫子从脚踝处爬出来。

很快,"约翰"的右脚踝也有了同样的感觉。呼吸困难的他感到窒息和绝望,他甚至连叫喊的可能都没有,只能勉强维持着呼吸,倒是从双脚传来的刺痛让他暂时保持着神志清醒。

那张美丽精致的面孔再次出现在"约翰"的眼前,只是他的视线已经被泪水浸润得有些模糊了。

"有什么要对我说的么,约翰?"邱添问道。

"约翰"的上半身被冰冷湿重的沙袋压着,他的胸腔不能扩张,呼吸困难,但他仍然顽强地虚着声音,语气坚定地对邱添说道:"F**k the bloody you!"

"在这个特殊的时刻你还能够有这种奇妙的幻想,我很欣赏你对待生活的积极态度。"说罢邱添便消失在了"约翰"的视线里,平躺在解剖台上的"约翰"只能看到头顶的灯发射出来的强光,此时双腿的胫骨向他的大脑发来强烈的紧急求救信号,那是邱添用手术骨锤敲击着那里所产生的效果。

"约翰"的内心更希望自己的腿干脆被打断,即便是双腿也无所谓,那样疼一次也就结束了,但对方敲击的力道恰到好处,又是按着她特有的,每一下都让人感到出其不意的节奏,这让"约翰"没有能够坚持太久便放弃了自己的顽强。

"吉尔伯特。我叫吉尔伯特,英国皇家空军特勤团。"吉尔伯特只能虚着声音说话,但他的声音在安静的解剖室里显得已经足够清晰了。

"你好,吉尔伯特先生!"邱添心不在焉地打着招呼,注意力一直集中在手中正忙碌着的事情上,倒是也没有中断刚刚开始的对话:"我能不能问一下,你的名字叫什么,吉尔伯特先生?"

"哈里。哈里·吉尔伯特。"

"哈里,我可以叫你哈里么?你的同伴叫什么?"

"我们叫他弗兰克,我不知道这是不是他的真名字。他是军情六处的。"

"还有其他我需要知道的名字么,哈里?"邱添一边问,一边仍旧用手术鼓锤认真地敲打着。

"肖恩·格林瓦尔德,英国皇家空军特勤团,但我不知道他在哪里,爆破后我们就分开了。我们一共来了3个人,其他的都是中国人。"

邱添终于停止了在哈里·吉尔伯特的两块胫骨上对打击乐节奏的探究,重新出现在哈里的视线中,开始专注地和他攀谈起来。

一直通过监视器观察邱添的审问过程的欧阳忠处长颇为感慨地说道:"速度太快了,心理和生理上的火候和分寸把握得太好了!"他接着问道:"郝局长,我多嘴问一个问题,邱副局长是在哪里学的?我们是不是也能有机会接受相应的培训?"

"欧阳,你问的是两个问题。"郝局长并没有正面回答。

倒是关栋天拍了拍欧阳忠的肩膀,笑眯眯地说:"欧阳,这些手段都在你身上用一遍，你要是能挺过来，大概率你比邱添更厉害。"

"主任，您又拿我开玩笑了，这谁能受得了啊！"

"不是开玩笑，论审讯你绝对是行家，二局的'三大金刚'里面没有一个人是浪得虚名的。不过说到刑讯，邱添可不是学出来的。对她的训练过程中，各种酷刑她都亲身经历过，而且都扛住了，所以她才是反刑讯的行家，同时也是刑讯的专家。"

根据吉尔伯特交代的信息，郝局长命令"三大金刚"分别带队突审其余四名嫌疑人，四个人很快都交代了犯罪事实并供出了其他在逃的同伙。二局随即对所有在逃嫌犯进行搜捕，共抓捕了包括肖恩·格林瓦尔德在内的 9 人。

尽管中国公布了证据，英国却还是不出意料地公开否认了派遣人员在中国境内组织和实施恐怖袭击的事实，甚至否认哈里·吉尔伯特，肖恩·格林瓦尔德和弗朗西斯·埃塞克，也就是自称弗兰克的英国军情六处特工，等三人是英国公民，但却要求中国恪守人道主义原则，善待并立即无条件释放三个人。

中国遂决定对英国实施对等报复。

上海慈济健康集团案已经审结。根据慈济集团的老板贾济慈的交代，慈济集团通过在全国的网点非法收集了海量的中国公民，特别是现役军警的个人信息和生物检材，并进行非法DNA测序，不定期地把数据提供给美国国土安全局。慈济还按美国的要求，正在筹划在全国设立口腔科诊所，建成后将借口腔治疗的机会，以公益的名义为掩护，对就诊的现役军人秘密注射试剂进行基因干扰和基因重组实验。

见到亲自到二局汇报案件结果的华南处项处长如沐春风，郝局长叫住了他。

"温玉，怎么样啊？华南处第一次独立侦办全国性大案，感觉不错吧？你都写在脸上了！"

"是啊，局长。要说邱副局长还挺有办法，这么大的案子交给华南处独立侦办，参战人员累了个半死，但没一个人发牢骚，感觉很受重视，干劲十足。现在我手下这帮人出门两只眼都不够用，到处找案子啊！"

"看样子士气上来啦？"

"局长，华南处士气一直非常高涨，现在是格外高涨！"

"就你能说，巧舌如簧！我看这么安排倒是挺好，局里本来人手就紧张，这下好，一举两得。"

"局长，听说要给我们华南处参战人员请集体三等功啦？"项处长压低了声音问道。

"你挺能打听啊！看样子你这趟来北京，一分钟都没闲着啊。你还打听到什么了？我也跟着八卦一下。"

项温玉故作神秘，凑到郝局长耳边悄声地说："听说邱副局长是退休的邱主任的女儿，是真的吧？"

"是真的。不过咱二局历来不靠关系，都是凭本事的。给你透个底，邱副局长岁被特招入伍，到现在军龄 24 年，比你也少不了两年吧？"

项处长想了想："那是，我今年快五十岁了，入伍才 27 年。"

"她可不是被照顾才入伍的。按过去的老话说，邱副局长算是行伍出身，从入伍开始到现在，那可是和敌人真刀真枪打出来的，是武将。"

"我说怎么她出门连警卫员都不带呢。将门虎子，少年英雄，领教了。"

"温玉，我和你说这些的意思是，不管别人怎么传，你心里有个数，工作上要全力配合。你别看她年轻，她可不是等闲之辈啊。"

"是，局长！保证全力配合。"

郝局长又想起了什么。"对了，温玉，'秒表'案有进展么？"

"南部战区可疑人员的范围已经缩小到两个人，详细的情况已经都向邱副局长汇报过了。"

张卫恒坐在咖啡厅靠窗的一个座位上看着书，咖啡厅不大，仅有的6张桌子都坐满了。

已经有大约三年多的光景了，只要不加班，每个周六下午四点钟张卫恒都会来这里坐坐。

张卫恒已经记不起最初是如何走进这间不起眼的咖啡厅的，或许只是个偶然，毕竟生命中有着太多的偶然无法用科学去演算。张卫恒是听到店里的客人聊天才知道的，老板娘是从青海只身到深圳闯荡，后来才到了广州，开了这个小咖啡馆，一直自己一个人打理生意。

张卫恒第一次来的时候就是坐在靠窗的那个位子，他喜欢在午后的阳光下一个人安静地坐在窗前，看着乳白色的雾气在咖啡杯里旋转升腾，缓缓飘起，最终消散在热辣的日光里，又或许是被热烈的阳光融化了吧。他喜欢在午后的阳光下一个人安静地坐在窗前，看着窗外的小街上行色匆匆的人群，观察每个人的神态和动作，猜测着每个人的过往，预测着每个人的命运。他喜欢在午后的阳光下一个人安静地坐在窗前，看着老板娘忙碌的身影，欣赏她的举手投足，品味她的一颦一笑，并在这期间抽空看几页书，以避免和老板娘热辣如火又柔情似水的目光过多地相遇。

张卫恒能够看出来，也能够感受到，老板娘的目光只有看到自己的时候才会如是，她看其他客人的时候只是出于职业需要的热情而已。张卫恒和老板娘每次都是礼貌性地打招呼，最多是在客人不多的时候闲谈几句，但他知道，这张桌子是老板娘特意为他留的，每个周六下午，如果他不来，那张桌子就会一直空着。

现在张卫恒来咖啡厅时已经不需要点咖啡了，他每次来后只需要坐在那里，老板娘很快便会给他送过来一杯刚刚做好的咖啡，他不知道是哪一种咖啡，有什么讲究或者名堂，他只知道每次的咖啡都很好喝，咖啡中甚至有老板娘纤纤玉手的余香，咖啡的温度恰巧就是老板娘目光的温度，永远都不会冷却。

张卫恒大校，南部战区第四作战室主任参谋。

坐在咖啡馆里的张卫恒正在看一本心理学的书，他打算今天就把这本书剩下部分都读完。他和咖啡馆的老板娘算是神交已久，但二人之间什么都没有发生。张卫恒今年 48 岁，一直未婚，也没有女朋友。他估摸着老板娘 30 出头的样子，他觉得两个人的年岁相差太多了，或许默默地欣赏也是一种幸福。而老板娘也一直把握着分寸，从不多说一句，也从不越线一步，这反倒让张卫恒更加欣赏她，也更享受这份柏拉图式的感情。

南部战区第四作战室负责战区下辖火箭军的训练和作战以及与战区内其他军兵种的联合作战工作。张卫恒大学时学的就是火箭，毕业后到了导弹部队，算得上是专业对口了。

张卫恒性格相对内向，他不喜欢无效社交，甚至不喜欢社交，工作非常投入，业余时间都花在读书上了。他大学毕业后入伍，主动要求到基层部队锻炼，非常了解一线官兵的需求和作训中发现的问题，回到机关后仍然经常去一线部队调研，陆续提出了不少很有针对性的改进建议，颇受领导重视和赏识，现在已经独当一面，成为了战区第四作战室的主任参谋。

今天张卫恒看书格外地投入，手上的这本心理学书语言有些晦涩，但内容却颇有裨益。他一边品味书中提出的理论，一边和自己做着比照，他试图分析自己的性格为什么偏内向，遇事为什么欠主动，爱躲闪。工作中的张卫恒积极主动，但他内心最清楚不过了，那是一种非常被动的主动，是为了表现出主动而刻意为之，而且形成了一种习惯并且多年来也被掩饰得很好。他发现了问题，也想改变，现在手上的这本书给了自己很多启发，也许自己可以有意识地尝试着去做一些改变。

张卫恒翻看了一下，书还有十页就读完了，他忽然有些舍不得把它读完了。他抬头看了一眼，这才发现咖啡厅里已经没有了其他顾客。他略带歉意地朝老板娘笑了笑，说道："抱歉，我耽误你打烊了。我的这本书还差几页就看完了，我能不能再耽误你一会儿，在你这里把它读完？"

老板娘端着两杯刚刚做好的咖啡，把其中一杯放到了张卫恒的面前。

"你看你的书,我洗我的杯子,咱们互不打扰。"老板娘嫣然一笑,转身回到了柜台后面,径自忙碌起来。

终于读完了整部书,张卫恒仍有些意犹未尽,他看了看手表,起身一边和老板娘打招呼告辞,一边朝门口走去。

"哎!"老板娘叫住了他。

"怎么?"

老板娘盯着张卫恒,有些嗔怪地说:"你不想把帐结了么?"

张卫恒这才想起来,第二杯咖啡的钱自己还没有付,忙尴尬地说:"抱歉,我看书都看傻了,忘记了。"说着回到了柜台前,把钱交给了老板娘。

"哎!"老板娘叫住了转身要走的张卫恒。

"啊?有事?"

"就这些?其他的帐你不想和我算一下么?"

听老板娘这么问,张卫恒有些摸不着头脑。"还有什么帐?抱歉啊,我一下子想不起来了,你提醒我一下吧。"

"今天我提前打烊,让客人都走了。今天是你来我这里整整三年零六个月的日子。感情的帐你不想和我说说清楚么?"老板娘的眼睛有些湿润。

张卫恒一下子愣住了,有些不知所措。

"我,我是对面军营里的,今年48岁了,比你大,大太多。我来,我本来,我后来,我…"这大约还是张卫恒有生以来第一次说话有些结结巴巴地词不达意。

"我没问你的年龄,我问的是你的感情。"老板娘打断了他。

见张卫恒不说话,低着头一直摩梭着手上那本书的封面,老板娘问道:"是我自作多情了么?"说罢眼泪扑簌簌地流了下来。

张卫恒赶忙从柜台的纸巾盒里抽出两张纸巾递给老板娘。"不是,你别误会。我喜欢你,很喜欢你,但我们年龄差太多了,我不敢奢望。"

"年龄对你那么重要么？还是感情对你更重要？"

"那倒也不是，不绝对。感情，还是感情重要。我今天看了这本书，一下子明白了不少道理，本来想回去好好反思自己的。"张卫恒忽然凌乱了，他感觉自己心中常年守护的堤坝一下子被老板娘的泪水冲垮了，自己已经完全没有了防守能力，并且已经被感情的洪水完全淹没了。

"我饿了。"

"我也饿了。我请你吃饭吧，给我个机会！"张卫恒忙把书夹到腋下。

老板娘这才破涕为笑。

私人会所的一间包房里，桌上的菜几乎没有人动，一瓶意大利红葡萄酒倒是只剩下了空瓶子。佳肴未冷爵先空，一双男女意朦胧。

听着包房内传出的悠扬的歌声，站在门外的服务员轻声地问自己的同伴："芬姐，里面唱歌的那女的是谁啊？唱得真好听！"

"你记住了，在这里做事情千万别瞎打听！这女的是解放军文工团的，人家是专业的，唱得能不好听么！"小芬答道。

就在这时，服务铃响了，小芬赶忙进去，很快又出来，取了一瓶西班牙红葡萄酒送了进去。

唱歌助兴的是解放军文工团首席独唱演员，特级演员柳莺，她身旁年长的男子是火箭军司令员葛涞广。

葛司令员的妻子金素梅原来在农业部当处长，后来到粮食进出口集团做了副董事长，专职分管企业长期未来规划及与社会多元化深度融合和农业生产于气候变化之自适应与交互适应等项目。

金素梅不太熟悉她的办公室的位置，时间都是和关系亲近的几个姐妹在牌桌上渡过的，除了消遣，倒是也顺带谈一些事情，聊一些生意。

尤喜麻将牌的金素梅手气格外地好，特别擅长和单张"幺鸡"龙牌，关系磁实的姐妹们都戏称她"幺鸡姐",但这个谑称绝对不是什么人都可以随便叫的,老公的级别要高,姐妹的关系要互相成事,输给自己的钱金额要多,否则少了哪一条,在金素梅看来都是"三缺一",是断没有资格上牌桌的,就更不要自讨没趣地为了套近乎称呼金素梅"幺鸡姐"了。

柳莺的丈夫杜辛仕是北京人,据说他的姥爷解放前曾经在尚老板的班子里拉过琴。杜辛仕小时候就在少年宫学乐器,大概是有姥爷的基因,拉弦的和拨弦的都能摆弄,17岁就已经是武警文工团的阮演奏员了,19岁下部队慰问演出时认识了当时只有15岁的农村丫头柳莺。两个毛头孩子人约黄昏后,一个拉琴一个唱歌一起玩儿了好几天,杜辛仕因为违反规定外出差点就挨了处分,后来还是因为团长听柳莺的嗓子好决定把柳莺招到武警文工团,这才免了杜辛仕的处分,他只是屁股上挨了团长两脚,裤子上的那两个43号的鞋印还是柳莺帮着他洗掉的。

柳莺好学苦练,加上天生好嗓子,到武警文工团才两年业务就开始冒尖了,整个人的气质也有了翻天覆地的变化，已经完全脱胎换骨，不再是那个从山里出来的小女孩了。不想刚刚培养出来的好苗子却被总政文工团抢走了，气得武警文工团的团长一通大骂，把能想起来的亲戚的名称复习了整整三天。

柳莺刚到结婚年龄就嫁给了杜辛仕，虽然不在一个单位，但两个人的小日子过得挺温馨。再后来柳莺越来越红，越来越忙，两个人见面越来越少。

军改后柳莺被调入解放军文工团，入团就是首席独唱演员。武警文工团被裁撤，原本准备托关系到中学当音乐老师的杜辛仕没想到自己会被调入解放军文工团，一年后还当上了副团长。

职场得意，遗憾的是生活中夫妻二人几乎没有什么团聚的时间，柳莺在北京的时候，杜辛仕往往都是正在外地，而柳莺去外地演出时，杜辛仕通常都在更远的外地，只有柳莺出国演出时，杜辛仕才会碰巧有机会回北京看望老娘，顺便检查一下自己家里的门窗和水电。

服务铃再次响起,小芬看了看手表,按照客人的习惯,现在应该进去撤餐具了。她叫上小姐妹进了包房,利落地把餐桌打扫干净,安静地退出了房间,两个人向经理交了班,到宿舍休息去了。

这处私人会所是葛涞广的同村发小开办的,私密豪华,葛涞广所在的顶层包间看上去是一个高级餐厅的包房,但通过一个暗门进入内室,则是按照五星级酒店的总统套房设计建造的奢华的套间。葛涞广和柳莺是这里的常客,作为葛司令员的发小,会所老板当然不会庸俗到向葛涞广收餐费或者住宿费,毕竟兄弟情谊比金钱重要多了,更何况葛涞广还会经常介绍生意到会所。

见两个服务员都出去了,葛涞广和柳莺进了包房的内室。内室极其私密,没有人知道两个人今晚会在总统套间里为什么事情而彻夜长谈,甚至无寐。

南部战区政治部副主任高辅臣今年六十有四,自认为不太可能有上升空间了,便追求心态平和,身体康健,只等退休后平安着陆，安享晚年。高辅臣每天清晨先在公园打太极健身，早饭后便到办公室"打太极"益智。有人私下里开玩笑叫他"高太极"，后来觉得实有不妥，便改称"太高级"暗代之。

高辅臣是开国将军之子，铁打的红二代和军二代，家风严谨，自己也极重仪表，每周都会有人来家里为他修整本就很整齐的寸头，逢重要会议之前更是要临时加修一次，同事都佩服他仪容庄重，仪态威严，仪表祥和，他的老伴更是骄傲地逢人便夸奖老高特别有"范儿"。

高辅臣的老伴杨如柳身体不太好，虽素无沉疴，却也常有小恙，奈何她既不喜太极，又不好健身。高辅臣很心疼老伴，特意请了老中医每周到家里为杨如柳把脉，或开方调理，或针灸推拿。高辅臣精水墨，写得一手好毛笔字，每次老中医开方子的时候，都是中医口授，高辅臣亲书，他家附近药房的人每每都赞叹说这毛笔字写得太高级，看药方简直就是在看"高体"字帖，说得高辅臣倒是很受用。

火箭军副总参谋长沈旺祖是个实干派，因为经常有针对敌对势力的鹰派言论，甚至动辄就提先发制人的决定性核打击而一直饱受争议。火箭军的政委也一直提醒他，和平时期尽量多调研，少发言，免得惹上麻烦。政委说他几句，他就安静些日子，个把月没人说他，他就又开始发言了。日久天长大家也习惯了，加之他的业务能力出色，政委也就很少再说他，而是随他去了。

沈旺祖精力充沛，除了经常下一线部队和到军事院校讲课，还常应邀到一些高校举办国防教育讲座，鼓励年轻学子投笔从戎，爱国报国。他的演讲很热血，特别有鼓动性，也的确带动了很多年轻人参军入伍。国内外的一些军事交流和军事论坛等活动也常常能见到他的身影，听到他的主张。他的这些发言经常会被人偷录下来发到网上，引发激烈的讨论。敌对国家的军方则非常仇视沈旺祖，也经常借各种机会对他进行谩骂攻击，也就沈旺祖地言论多次向中国提出过强烈的抗议。

按照保密规定，火箭军部署的详细资料是分散存档的，能够接触到广东和广西两省火箭军部署完整资料的人员目前确定就在这四个人当中。

这四个人当中藏着一块"秒表"，而且一直在精确地安全运转着。

第二章　319 案

李常春退休了，二局安排把通辽旧兵工厂的房子改造了一下，增加了两间客房，接待客人或亲友的时候方便些。附近的县城这几年开发得不错，比早先热闹了，生活也方便多了。

刘博涛被晋升为少将，同时调任二局培训中心主任，他赴任的那天是邱添亲自开车送他去的培训中心。

刘博涛忙了半个月，已经基本上熟悉了培训中心的人员和情况。尹居山也没打招呼就直接来到了培训中心，刘博涛陪着他参观了半天，看着越来越心不在焉的尹居山，最后终于忍不住问道："尹处，你今天来培训中心不是为了参观吧？你自己不憋得慌，可是快要把我憋死了。想蹭饭你就直说，我好给你准备工作餐。两菜一汤，荤素搭配，这样可以吧？"

尹居山笑了，推了一把刘博涛："博涛，走，去你办公室说。"

落座后尹居山面带神秘地问刘博涛："博涛，你和邱添邱副局长原来是搭档，你跟我说实话，你们俩的交情应该不错吧。"

"你别往里面套我！我们可没有私交啊，只是牢固的战斗友谊。"刘博涛往后仰着身子，连忙摆手。

"我就是随便问一句，你紧张什么啊？"

"你没头没脑地来这么一句，我能不紧张么！"刘博涛撇了撇嘴。

"你别紧张。是这样啊，我自己琢磨着，你们俩是多年的搭档，而且现在二局能当面直呼邱副局长大名的人，连五个人都不到，你就是其中之一，你们一定关系非常特殊。"

刘博涛起身用双手在尹居山的头上摸来摸去，又揪了几下他的耳朵。

"哎呀，你也是主任了，别这么暧昧！"尹居山皱着眉躲闪着，嫌弃地拨开了刘博涛的手。

尹居山长刘博涛两岁，比刘博涛早两个月入职当时的总参二处，后来刘博涛一直搞业务，而尹居山则偏行政，当了好几年副科长，二处改组为二局后他一直是作战处副处长。虽然是作战处资历很老的副职，但董德离开二局后他也没提正处，一直到邱添被免去作战处处长做了专职副局长后，尹居山接替了邱添的处长职务。

尹居山的妻子是刘博涛妻子的闺蜜的表姐，说起来刘博涛还是尹居山的月老，又因为性情相投，两个人从相互认识起就一直私交甚笃。

"看看你满脑袋的头皮屑，谁要和你搞暧昧啊！我是检查一下你今天是不是被人套牌了，坐在这儿的还是不是老尹。有事儿你就直说，你可真够费劲的！"

"你快坐回去，你离我远点我再和你说。"尹居山指着旁边的座位，见刘博涛坐回了原来的位置，才进入正题。"我是有个困惑，实在想不明白了，这才来找你问问的。"

"什么困惑？你可能是当局者迷，我作为旁观者帮你分析分析。"

"邱副局长给作战处布置了一个作战任务。你也知道，我一直是侧重行政、人事和总务的，但我一直在作战处，对作战也不是一窍不通，只不过是日常工作的侧重点不同罢了，不然领导也不可能让我干处长。"

"这倒是实话。现在是什么情况，你对作战任务有不同想法？你和邱添直接沟通过没有？"刘博涛问道。

"也不全是。就是这个作战任务，我怎么看都不像个作战任务。我不太确定，是我没有理解任务，还是邱副局长对我有看法，弄了这么一个任务给作战处？你自己一直在作战处，你肯定清楚，咱作战处可不是吃干饭的，那是专啃硬骨头的。"

刘博涛笑着拍了拍尹居山。"老尹，不是我说你啊，你在机关里待得太久了，又一直当领导，你把事情想复杂了。哦，我是专指你对邱添的想法啊，其他人我不评论。"

"也不能怪我啊，这个任务太简单了，随便谁去都行，再说执行的时候也不用作战啊，还告诉我任务重大，务必保证按要求完成。你说，这种情况我能不多想么？"

"你别说了，再说就泄密了。"刘博涛拦住了尹居山。"邱添这个人属于孤胆英雄那种，她没心眼，人很直。她说重大，那任务一定重大，要你保证完成，你保证做到就好了。她本人就是一线作战出身，知道作战处的分量和分寸，她给你的任务很可能是决定成败的部分，你可千万别小看了。再说了，越是重大任务越是经过请示和批准的，不是邱添自己一个人就能决定了的，不可能有差池的。你一直当领导，这一点你应该比我明白才对。"

"博涛，你要是这么说的话，我虽然还是不完全理解，但心里舒服多了。还是你了解邱副局长啊！"

"我也不完全了解她，只能试图理解她。最了解她的还是她师傅。"

"是李常春吧？"

"对，是老李，他为了培养邱添牺牲了自己的个人发展，不然他肯定也是个传奇人物。不过老李的贡献确实很大，他把邱添培养成了一个无法被超越的传奇。"刘博涛停顿了一下，又回到正题："老尹，我跟你说，很多接触过邱添的人都觉得她思路清奇还不着边际，其实她不是没有边际，而是没有边框，不受条条框框的束缚。这和她长期的高危战斗经历有直接关系，而且我给她总结了，她的特点是'三不一没有'。"

"怎么算'三不一没有'，你给具体说说？"

"不犹豫，不冒险，不失误，没有一个多余动作。"

尹丘山沉默了良久，刘博涛也就任由他一边闻着茶杯里的茶香一边思考。

"听你这么说，我又想了想，似乎是明白了。给作战处的任务很可能就属于那个'一没有'的性质，看上去不重要，但可能就是关键一步。你了解邱副局长，按照你说的，没有一个多余动作嘛，是不是？"

"你问我呢？"刘博涛指着自己的鼻子反问道。

两个人都大笑起来。尹居山放下手中的茶杯起身说道："行了，耽误了半天时间，你一句有用的话都没有。没劲，我走了。"

刘博涛也没起身，朝着尹居山的背影说："不用谢！周末请我去你们家吃饭就行了。"

一个极普通的周三，极普通的晚上十点，伦敦和伯明翰同时突发骚乱。大批的年轻人趁夜色上街打砸哄抢已经关闭的店铺，损毁焚烧路边停放的车辆，用烟花喷射赶来维持治安的警察，两个城市的中心城区陷入了混乱。

在大批警力赶往两地平息骚乱的同时，距伦敦东南100多公里外和距伯明翰东北不远的各一座核电站同时遭到无人机的攻击。采用特殊频率的无人机突破了核电站厂区设置的反无人机装置撞向电厂的冷却塔，厂区内一时警报声四起，一片混乱。警方接到报警后立即赶往现场，因当地警力不足，被迫向附近市镇和伦敦、伯明翰求援，但伦敦和伯明翰的绝大部分警力都投入到了平息骚乱之中而无暇他顾，核电站所在地警方又被迫向军方求援。大批军警赶到后控制了现场，但在检查无人机残骸时并没有发现无人机携带爆炸物或其他危险物质，无人机飞入核电站的意图不明。

大批军警还没有忙完，0:07分整，英国南部的4家发电厂同时遭到挂载爆炸物的蜂群无人机的攻击，4家发电厂受到不同程度的损毁全部停产，英国南部大部分地区失去了电力供应，短时间内恢复无望。在电厂全力抢修的同时，英国宣布电厂遭到恐怖袭击，决定调查"007"恐袭案。

英国人称的"007"案就是早先尹居山心中纠结的任务。

事情还要回到4周之前。信工委决定对于英国策划和实施在除夕夜炸毁贵州一座水坝的恐怖袭击行为进行对等报复。因为邱添熟悉作战，涉外经验也丰富，二局责成邱添负责落实。

邱添的计划被关栋天直接否决了。

"不行，这样绝对不行！不能直接炸核电站。"关栋天看了看郝局长，又指着邱添说："你呀，胆子太大了！我要是不拦着你，到现在你都把天给我捅塌下来好几回了。"

邱添也不解释，直接拿出了第二方案。

关栋天和郝局长看过方案后，两个人交换了一下眼神，关栋天说："执行吧。不过我和郝局长是不同意你亲自出马的，但既然是你全权负责，我们充分尊重你的决定。我还是要提醒你，刘博涛不在，你没有熟悉的搭档，务必要保证自己的安全！"

第二天邱添就飞到了土耳其，秘密会见了正在土耳其的阿利谢·托托克耶夫斯基。

托托克耶夫斯基是俄罗斯的主要反对派，他虽然追随者众，但为了避免受到直接的政治迫害，他并没有成立政党，而是在俄罗斯各地以俱乐部的形式开展活动，他的俱乐部会员来自俄罗斯社会和政治生活各个层面。他头脑灵活，思维清晰，性格复杂，性情难测，被称为俄罗斯的无冕之王。

据信"新俄罗斯人党"是托托克耶夫斯基的白手套，他可能会在下一次俄罗斯大选之前突然加入目前已经是议会最大反对党的新俄罗斯人党，以求作为该党的候选人当选俄罗斯总统，而且对于这次选举他志在必得。

托托克耶夫斯基仇视中国，从感情上不能接受俄罗斯对华战争的失败，不能接受大片土地被中国收回或控制。从他曾经发表过的言论看，他认为这一切的根源是俄罗斯领导人和军事集团的懦弱和全面倒向西方的错误政策。

托托克耶夫斯基反对俄罗斯现政权，反华的同时也反西方。他主张第一步先建立一个独立、自主、团结和坚实的新俄罗斯，第二步是从中国收回土地，和西方平起平坐，而第三步，也是最终目标是使俄罗斯成为全球的领导者。

西方对托托克耶夫斯基既利用又遏制，他们想让他成为制衡俄罗斯现总统的抓手，同时又不想让他的势力过大，甚至将来成为西方的敌人。

托托克耶夫斯基曾在伦敦留学，现在格外注意学习中国的历史和文化，原本很擅长国际象棋的他又开始研究中国围棋。

托托克耶夫斯基很爽快地就答应了和邱添会面，并且把见面地点选在了土耳其一个俱乐部，那里是他的海外据点之一。

只身赴约的邱添被人引到了俱乐部的顶层，却被两名带枪的保镖拦住了。

"把武器交出来，再搜一下身。"一名保镖面无表情、语气冰冷地说道。

"你们会为此付出生命的。"邱添也毫不客气。

两名保镖伸手去拔枪时，邱添也从腰后拔出两支早已上好膛并打开保险机的手枪，在保镖打开手枪的保险机的同时，邱添抬手连开4枪，对面的两个保镖均头部中弹栽倒在了地上。

屋内的3名保镖闻声冲到门口,但被屋内的人阻止了。

"都不要动,让她进来!"在房间内发号施令的应该就是托托克耶夫斯基了。

托托克耶夫斯基似乎并不在意自己的2个手下在自己的地盘被杀,反而热情地向邱添伸出了手。"邱小姐,我是阿利谢。请允许我叫你邱小姐,我的朋友们曾对我说过你的故事,我觉得还是叫你'邱小姐'更能表达我对你的尊敬。"

"托托克耶夫斯基先生,看上去你这里对我充满了敌意,为了你和你手下的生命安全,我建议我们还是换个地方谈吧。"邱添提议道。

托托克耶夫斯基一阵大笑,继而又收敛了笑容。"不不不,我这里很安全,邱小姐。是你先开枪的,你和我想象中的一样,果然是先开枪后提问。"

邱添晃了晃两只手中的枪。"为了你的安全,我希望我的枪能够说服你改变主意。你有5秒的时间思考和决定。"

托托克耶夫斯基几乎不假思索地说道："好吧，我们去哪里？你不用数 5 秒了，我听说过，你数数的方式非常独特。"

"在楼后面的车里就可以，你的人可以在车外等着。"

邱添和托托克耶夫斯基一起进了停在俱乐部楼后面的一辆厢式货车的车厢，从里面关上了门。邱添检查了托托克耶夫斯基的身上，除了一把手枪，并没有录音或监听设备，刚要开口，托托克耶夫斯基反倒先抱怨了起来，皱着眉头说道："邱小姐，我和你见面是要谈事情的，你的态度非常不友好，显然你并没有与我合作的诚意，我很不高兴，你们会付出代价的。"

"托托克耶夫斯基先生，我有我的原则。"

"我们还是谈生意吧。"托托克耶夫斯基提议道。

邱添说明了来意。

"为什么找我？我为什么要帮你们？只是因为我的弟弟现在正巧在中国，为了我弟弟的安全，我必须做这件事情么？"

"阿利谢,你的朋友应该已经告诉你了,我最不能容忍的一件事情就是用家人做筹码。"邱添有些嫌弃阿利谢嘴碎话多,但是既然要谈事情,还是要让对方把话说全,而且还要尽量把自己的想法也表达清楚。

"噢,是的,那个可怜的美国人。一共几个人?8个还是9个?倒也不重要,那就是屠杀,不过无所谓,那是你们之间的事情。如果我是你,也许我也会这样做,不知道,谁知道呢?"阿利谢活脱脱地像个碎嘴的老太太,但显然他在俄罗斯的情报系统内部有自己的人,他不但知道邱添的代号是"邱小姐",而且还知道雷曼的事情。

"不重要。我不介意你坚持把你的弟弟的也牵扯进来。否则我们还是把重点放在咱们俩的生意上吧。"

"我不喜欢中国人,你知道的,你应该知道,而且我也不喜欢中国,当然,我也研究中国。我公开表达过我的观点,私下里我也是这么认为的,即便在你面前我也这么说,因为我就是这么想的。"

邱添被碎嘴阿利谢折磨笑了。"也不重要。你不喜欢中国人，但我们还是见面了。"

"这种事情风险很高的，我为什么要做？能不能给我个理由，或者，也许你能够说服我接受？"

"第一，我们有共同的敌人，事后随你怎么利用这件事。第二，马上要大选了，但你的钱已经不多了，你需要钱，现在。"邱添尽量保持简短。

"你们不担心我当上总统么？我会对中国宣战的。"阿利谢有些得意。

邱添笑了。"一个既反中国又反西方的总统会好过一个只反华的总统。再说，你未必能当上总统，就算你运气好当上了总统，你也不能主宰世界。你还是考虑一下我的提议更现实一些。和你下围棋一样，先集中精力解决一个问题，想太多最终会输掉的。"邱添忽然感觉自己说话时也开始啰嗦起来了。

阿利谢沉默了一会儿，对邱添说道："我的人必须干净，但我会找其他人来做。

这里有个术语，第四方服务。我喜欢，我觉得这样很好。我答应你，你会看到你想要的结果的。"

"你开始像俄罗斯总统一样地思考问题了，你甚至可以去美国当总统。"

"你们怎么把钱付给我？我会参加总统选举，也许你们可以考虑为我提供一些政治捐款。"

"托托克耶夫斯基先生，我们从来不为任何人提供政治捐款，选俄罗斯总统是俄罗斯人自己的事情，我们对谁能当俄罗斯总统不感兴趣。但是，你们俄罗斯国内会有人为你捐款的，是你要的数字，会是从不同渠道。"

"告诉你吧，我们会把无人机和设备运输到英国去并且架设好，只等着最后按一下发射按钮。你看着吧，英国人不是喜欢 007 么，我要在 0:07 的时候发动攻击。但是，前期的测量和设置需要你们自己解决，我不能冒太大的风险，更不能和自己联系起来。"托托克耶夫斯基提出了一个要求，邱添当即同意了。

"邱小姐，我当选俄罗斯总统后，我们还能继续合作么？"见邱添起身告辞，阿利谢抓住最后一刻时间问道。

邱添看了看阿利谢。"你是想要给我当线人么，总统先生？"

托托克耶夫斯基狂野地一阵大笑，伸出手来和邱添握手。"很高兴认识你，邱小姐。虽然你对我很不礼貌，但我并不介意，我们后会有期。"

邱添握住阿利谢的手。"未来的总统先生，我有个个人建议。作为总统，讲话要简洁，简洁，简洁。再见。"

邱添回到二局后便要求作战处派人去英国，对目标电厂进行实地勘测，预设无人机和设备架设的位置，确定无人机参数后安全返回。

尹居山觉得这个任务不应该交给作战处，而更应该让技术处或者侦查处派人去。他去培训中心找过刘博涛后改变了想法，特意安排了作战处最精干的四个小组秘密前往英国。

托托克耶夫斯基按计划组织了骚乱，也发动了对两座核电站的佯攻和对发电厂的攻击。

倒是"秒表"案一直没有进展，邱添只是安排了对四名可疑人员的监控，除此之外没有采取任何特殊行动。

华南处负责监控南部战区的两名嫌疑人，见邱添一直按兵不动，项温玉处长有些着急了，两次打电话向邱添询问是不是有新的指示，邱添都说再等等。

邱添一直在等一个合适的机会，现在机会来了。菲律宾不断在南海向中国发难，美国和澳大利亚在背后撑腰，三个国家都向南海派出了大批军舰，美国还出动了两个航母战斗群。

中国在派出海军舰艇应对的同时也调整了陆基导弹的部署，对原部署在广东和广西境内的部分火箭军部队进行了调防，最新的兵力和火力配备成为了美国国防部最急需的重要情报，也就是火箭军在广东境内战备部署的88-GD-甲-6-H-31号至

35 号等 5 份文件和涉及广西境内战备部署的 73-GX-甲-4-H-19 号到 24 号等 6 份文件。

"雨霏的小屋"咖啡馆就开在南部战区参谋部大院的斜对面,张卫恒说自己是对面军营的,其实指的就是参谋部。最初这里一直是军营,后来部队调防到其他地方,军区机关大院已经很拥挤了,这处军营就被改扩建成了战区参谋部,附近的人还是习惯性地称这里为军营。

咖啡馆老板娘林雨霏的父亲是山东支援青海的干部,任期到了之后自己主动申请留在青海,后来和同在青海的单霏结了婚。单霏回无锡老家探亲时早产生下了个女孩,当时正值黄梅雨季,丈夫林雨不在身边也没得商量,干脆就取名"雨霏"了。虽然林雨霏户籍青海,祖籍山东,究其竟她应该算是半个江南女子。

由于常在父母的老家和居住地之间来往,林雨霏自幼就常常游走于青藏高原、齐鲁大地和吴越水乡之间,后又在天府之国读了四年大学，毕业后到深圳闯荡，很快干到了一家大型互联网公司的中层，但自己却突然辞职离开了深圳，在广州这处不太繁华的地段开了个小咖啡厅，算是暂时安顿了下来。

也许就是林雨霏身上这种阅历和见识打磨出来的气质深深地吸引了张卫恒，他见到林雨霏的第一眼就喜欢上了这个女孩，到后来他发现自己已经爱上了这个比自己年轻许多的女孩，但竟然一直没有机会开始恋爱。张卫恒查阅了心理学书籍，这种情况大约可以归类为单相思。从那时起他只要周六有时间，就一定会到雨霏的小屋坐坐，当然，时间就像海绵里的水。

那个周六的晚饭之后两个人就确定了恋爱关系，张卫恒突然发现，自己的海棉还是那么大，但其实里面的水分比自己想象的多，或许只是自己更用力的缘故吧。自那之后他不只是周六才有时间，其他的日子也经常去咖啡厅，哪怕只是去看上一眼。

张卫恒已经连续四天没有来"雨霏的小屋"了。这几天他一直在忙火箭军战备布防调整的事情，方案确定后，一套文件在战区机关不同的机要室分散存档，另外一套上报北京的火箭军总部。

高辅臣倒没有因为战备布防的事情而特别忙绿。这只是装备和人员的调动，毕竟不涉及干部任免或晋升，前期的工作是不需要他参与的，他只是负责监督和落实文件的保密工作，一点也不影响他每天打太极，无论是在公园里还是在办公室里。

张卫恒给高副主任送来了调整后的战备布防安排。高辅臣知道，文件既然送到他这里来了，就是参谋部和军区领导已经审批了，他检查后安排分散存档即可。

张卫恒走后，高辅臣查阅了文件又密封好，叫来了机要室主任和秘书，安排两人共同把文件送去机要室存档。

办公室里再次安静了下来。战区政治部主任和其他几名副主任的办公室都设在战区机关大楼。而分管参谋处的高辅臣为了工作方便，办公室就在参谋部大院。远离军区机关大楼也有好处，这里清净自在，没有那么多双眼睛看着自己。

高辅臣准备打开窗子进些新鲜空气，顺便再练上 20 分钟的太极，体会一下今天早上向公园里的伙伴新学的一个招式。

窗子推开一半便被外墙上的爬藤植物挡住了。

"这可真是'藤蔓乱萦篱'啊。外面的人看着它好看，可里面的人就很是麻烦啊！"高辅臣心里想着，探出半个身子去想把爬藤往窗子的两侧拉拽一下，好把窗子完全打开，莫要辜负了上午的阳光。

高辅臣无意间朝院子望去，看到了一个熟悉的身影。依旧耳聪目明的他一下子就能认出这个身形，那是因为这个人走路时左脚稍稍有些外八字，但右脚则走得很正。

看着那个背影走进了大楼斜对面的"雨霏的小屋"咖啡馆，高辅臣心中打了个问号。"这个张卫恒，上午就跑去咖啡馆干什么？"

对于高辅臣来说，要想做好政工工作，有时候就要向特工一样地去了解每一个人，知道他们的喜怒哀乐，习惯秉性，兴趣爱好。张卫恒是主任参谋，高辅臣更需要了解他。

张卫恒参军后先是主动去了基层部队，在那里接受过队列训练，但因为他是大学毕业后才参军，前20多年的走路习惯很难一下子彻底改过来，后来又长期在机关，队列训练很少了，他走路不像很多职业军人那样两只脚都非常正。

参谋部的许多人都知道张卫恒周六下午去对面的咖啡馆的习惯，高辅臣当然也不例外，而且他还知道最近张卫恒在和咖啡馆的老板娘谈恋爱。

"张卫恒倒不是刁德一，但老板娘最好也不是阿庆嫂，不然就有得戏看了。"高辅臣一边体会着太极招式，一边在心里想着，嘴上还哼了起来："这个女人不寻常，哎呦…"

高辅臣"哎呦"了一声，中断了哼唱，也停下了太极，双手叉腰，整个人都僵在了那里。这个新的招式看上去潇洒大方，据说可以使气运满全身的每一个角落，促进体内微循环和代谢并达到阴阳平衡，但在掌握不好的时候还不专心,高辅臣的腰率先提了意见,他的腰椎小关节错位了。

高辅臣勉强回到座位上,联系了老中医之后让警卫员送自己回家了。

沈旺祖看过南部战区火箭军上报的文件后,觉得备战部署和调动没有什么问题。战区内的事情战区自己最清楚,作为火箭军的总参谋长,他不需要也没必要对战区的事情事无巨细地参与,宏观上把握好就可以了。

把部署上报火箭军司令员葛涞广之后,沈旺祖赶去参加一个国防座谈会了。历时4个小时的座谈会吸引了来自部队、学者、媒体、智库和军事院校的人士,主要讨论了中国与邻国之间,特别是与海洋邻国之间的军事安全,以及南海地区的局势稳定和域内国家的合作。

会后沈旺祖接受了多家媒体的联合采访,这次他倒是没有谈论决定性核打击,不过还是强调了先发制人的导弹打击。晚上沈旺祖和一名电视台记者吃工作餐,同时接受了她的独家采访，在子夜之前结束了一天的奔波回到家中。

葛涞广从早上就一直在参加会议，下午才回到办公室。他看过文件后让机要秘书送去机要室存档了。打了几通电话之后他回了家，和金素梅一起吃过晚饭，两个人先后都出去了。金素梅去和姐妹们打牌了，葛涞广去会所吃第二顿晚饭，他到的时候，柳莺已经到了多时。

到目前为止，二局掌握的情况就只有这么多了。二局要求安插在五角大楼的人员验证，五天后得到回复，五角大楼已经掌握火箭军在广东、广西两省最新的战备部署。

秒表依然在正常运转。项温玉有些灰心，他觉得这种查找卧底的方法根本没用，既不能挖出卧底，又不能阻止情报泄露。

邱添倒是不着急，得到美国确认后的第二天她压根没来二局，一早就去了二局培训中心，邱添在培训中心把射击和对抗都练了个够，最后是刘博涛送她回的梧桐街，害得刘博涛在回家的路上还特意去超市补充了一趟零食库存。

菲律宾海军的"棉兰老岛号"轻型护卫舰突然以转向舵失灵为理由在南海的中国属无人岛"问月岛"冲滩搁浅，紧随其后的两艘美国海军驱逐舰以救援的名义驶入问月岛领海线之内，阻拦随后赶到的两艘中国海军军舰，并与中国军舰发生碰撞。

中国通过外交和军方渠道照会菲律宾，要求菲军方48小时之内拖走坐滩军舰，否则中方将采取断然措施。中国同时向美国提出抗议，要求美国军舰立即驶离中国领海。但美、菲两国政府和军方均未回应，也没有采取任何行动。

48小时期限到了，在场的两艘中国海军舰艇奉命后撤。上午十时，军委通过火箭军总部下达命令，火箭军青海、湖南和辽宁各一个驻地于当天十三时整同时各发射一枚导弹，目标分别为菲律宾的坐滩军舰和美国的两艘驱逐舰。

11：42，两艘美国驱逐舰突然全速驶离问月岛海域，把孤零零的棉兰老岛号和船上的菲律宾士兵留在了问月岛的海滩上。海浪拍打着沙滩上的棉兰老岛号，却怎么也洗涤不去它满身的锈蚀，而两艘美舰欢快地踏着海浪，向太平洋深海方向头也不回地一路奔跑而去。

火箭军并没有因为美舰的突然高速撤离而节省导弹，湖南和辽宁的发射单位临时修正了导弹的航迹和目标，三枚导弹都送给了棉兰老岛号。

二局在美国和菲律宾决定安排棉兰老岛号坐滩后不久就获得了情报，并一直通过卫星和雷达监控美国和菲律宾军舰的动态。

在紧急临时会议上，军委和信工委采纳了二局的建议和方案，决定放任菲舰坐滩，并采取了后续的一系列动作，同时也派出了预警机和无人机前往事发地加强感知和监控。

通过截获的美军无线电通讯和信号判断，两艘美舰是接到紧急命令后全速脱离现场的，说明美方已经获知中方的导弹攻击命令。而此次行动完全把南部战区排除在外，无论是参加行动的三个不同战区同时泄密，还是个别战区出现泄密，都至少说明"秒表"不在南部战区，甚至极有可能就在火箭军总部。

火箭军总部的两个人一直没有离开过二局的视线，包括两个人的社会关系。

二局把最新的这次泄密定为"319案"。

葛涞广全天没有外出，除了同事之外也没有见过外人，晚上去了私人会所。他倒是在 10:19 的时候给柳莺发了一条短信，内容也不算是露骨的那种暧昧，短短的两句话是相约晚上在会所练习唱歌。因为只有这一条葛涞广所发给柳莺的短信，二局破译处仍在分析短信内容，目前还没有突破。

11:03 的时候，曾和沈旺祖共进晚餐并单独采访他的那名女记者来找他，5分钟后沈旺祖下楼在警卫室门口和女记者说了两句话后就回办公室了，女记者也当即离开了。监控女记者的侦查员汇报，女记者先去商场购物，买了一条男士围巾和一双女鞋，接着在一家餐厅吃过午饭之后就回报社了。她在去商场的路上打过两通电话，但通话内容没发现异常。当晚八点沈旺祖再次和女记者共进晚餐，女记者穿的是当天新买的鞋，并把围巾送给了沈旺祖。此前二人曾经多次共进晚餐，这次两个人自餐厅分手后各自回家了。

女记者第一次接触沈旺祖后就一直在二局的视线之内。丽柏蒂·黄，又名黄靓萌，新加坡籍华人，香港"香岛日报"驻北京记者站主任，专栏作家，独立撰稿人，新加坡记者协会会员，香港华人摄影记者协会理事，华语流行歌曲词作者，旅行博主，美食爱好者。

邱添命令继续监控调查"秒表"案的4名嫌疑人，同时全面调查黄靓萌。

第三章　私人会所劫案

　　葛涞广常去的那家私人会所既没有名字又没有招牌，从 227 国道和 375 省道交口处往西，沿着375省道开5.4公里，从路北侧的一个小岔口下去，再兜兜转转地沿着小路开一段，进了一片林场才能看见。要想来这处私人会所，即便是认识路，没有车不太容易，再者说了，一般人也不知道这个地方。

　　来会所的客人非贵即贵，如果不是有"贵人"带着，"富人"连门都进不去，此地客人的身价不是用资产来衡量的，因为在这里，财产只不过是权力的附庸而已。来这里的"贵人"也是要由已经来过的客人介绍，否则来了也是看着笑脸吃闭门羹。如果追根溯源，葛涞广应该算是会所的第一位客人了，后面来的客人和他都有着直接或间接的关系，所以他在这里享受着特殊待遇，顶层由他专享。

　　晚上 9:40，一辆厢式货车晃晃悠悠地开到了林场门口，被 2 名保安拦下了。

整个会所有 15 名保安，确切地说是保镖，社会上也叫打手，2 名在林场门口，其余在楼内，大多数情况都是待在一楼大堂，反正大堂只是迎来送往的场所，没有客人停留。

"干什么的？开到这里来了？"一名保安示意司机摇下车窗。

"送货的。"

"没人订货啊！你们搞错了，赶紧走吧，别停这里！"

一脸不耐烦的司机从车窗探出小半个身子，用手往车后面指一下。"你打开车门看看，就是你们订的东西。"

两名保安对视了一下，往车后面走去，又被司机叫住了："哎哎哎，你们俩快点，我们卸完货还得回家睡觉呢！"

"待着，别那么多话！"保安训斥了一句。

两名保安刚拉开车门，就被里面的人拉进了车厢，都没来得及喊一声就双双被打昏了过去。

货车径直开到了楼前,下来了8个蒙面人,有的拿着自制的火枪,有的拿着铁棍,有的拿着砍刀。为首的进了楼便大喊了一句:"打～打～打～打打劫!"接着抬手朝着大堂里高悬的水晶灯就是一枪。

保安们都愣住了,有几个反应快的先抄家伙冲了上来,3分钟后大堂里就安静了,保安都躺在了地上。

老板闻声从楼上冲了下来,见到这阵势也愣住了。他缓了缓神,赶忙双手合十,满脸堆笑地说:"几位大哥,是不是误会了。既然都来了,我奉送酒钱。我这里地方小,几位到外面随便找个地方喝点酒,算我请客。"

"你是老～老～老～～老板啊?"

"大哥,是我开的小买卖。咱无冤无仇,好商量,好商量,别吓着客人。"

"那好～好～好办,让所～有人都～都～都别动,就没～没～没～没～没人受伤了!"领头的一挥手,几个人冲上了楼,从二层开始一间一间的搜。老板一边在后面跟着,一边继续央求,说话也有些口吃了。

这帮劫匪显然是有备而来,整个会所一共就5层,一层是大堂和厨房,二层是客人司机的休息室和办公室,三层和四层各两个房间,五层一个房间。劫匪们两人一组,踹门就进,进屋先把手机收走,只拿现金、手表和首饰。

眼见着实在是拦不住了,老板无奈只得求救了。他飞奔回办公室,从抽屉里翻出一部手机,打了个电话。

这处会所虽然有保镖,位置又隐蔽,但为了预防万一,老板还是疏通好了旁边镇上的派出所,7、8公里的路程,真有紧急的事情,警车几分钟就到,又是因为有着葛涞广的面子,所长倒是很上心,虽然会所从来没出过事情,他也经常让人过来看一眼。

老板刚刚打完电话,还没来得及把手机藏回抽屉,匪首就带人进来了,不由分说地飞起一脚,手机飞到了墙上,老板倒在了地上。

"摇～摇～摇～摇～摇人呢？开保～保～保险柜！"

老板哆哆嗦嗦地找出钥匙，开始转动保险柜门上的密码锁，结果又挨了一脚。"快～快～快点儿！"

这时楼下警灯闪烁，警笛呼啸，派出所的警察赶到了，所长亲自进来和劫匪谈判。

"我给你们出个主意，你们哥儿几个现在是持械抢劫，你们把这儿的客人都放了，没伤着人咱们都好说，不然你们就是绑架加上抢劫，还拿着枪，事儿就大了！"

"我们来～来～来了就～～不怕！"

"听我说，别较劲！我看你们也不是第一次干这个了，我也不是第一天穿警服。你们求财，我还真不想拼命，别闹得真的动了家伙！听我的，先让客人走，剩下的咱商量。"所长心里太清楚来这里的客人都是什么人物了，万一哪个客人出点事情，最后连自己都得跟着倒霉，今天只能放手一博了。

匪首不同意，所长只好继续尝试说服。"我说，你们再想想，趁现在事儿不大，就是抢劫，咱赶紧打住！怎么着也是警察人多枪多，横竖你们都走不了。咱哪说哪了，你们放了客人，咱回所里聊。"

最终匪首同意放客人走，但让所长和老板留下来做人质。所长和老板毫不犹豫地就都答应了。

客人刚慌慌张张地逃走，所长和匪首也开始谈条件了，谁都没想到半路杀出个程咬金。所长并没有上报，但分局防暴队杀到了，包围了会所。

市公安局局长是今天3楼甲包房的客人，局长的司机没有在会所二楼休息，而是一直在车里。劫匪百密一疏，他们没有看到楼下车里的人，又不清楚司机和客人的具体人数，根本就没有发现司机的存在。

局长的司机见到厢式货车里下来的人阵势不对，又听到了一声枪响，感觉今天晚上的事情不一般，忙躲在车里给会所辖区的分局打电话求救，分局当时就派防暴队赶了过来。

得知局长已经安全离开了,防暴队不管三七二十一,扔了几颗烟雾弹就冲进了会所。他们倒是很有分寸,只是把劫匪和被抢劫的物品带走了,并没有检查现场,倒是让老板跟着回去做个笔录,还嘱咐老板路上好好回忆一下客人的名字,千万别说错了。

一队人马刚回到分局不久,二局内保处的人就来了,一部军用手机的信号异常,被定位最后出现在分局,所以过来了解情况。二局内保处在一众赃物中找到了那部军用手机,经过协调,二局把劫匪和所有的赃物都带走了。

8 名劫匪被带进了内保处会议室,见到已经等在那里的刘博涛,8 个人立刻列队敬礼,匪首声音洪亮,有板有眼:"报告首长,分队完成任务,向首长报到。请首长指示!"

刘博涛郑重还礼。"辛苦啦!还是公安局厉害,你这口吃的毛病这么快就治好啦?这几天被你折磨得我都快口吃了。"

听刘博涛这么说,几个人都放松了下来,一阵哄笑。

前些天邱添在培训中心泡了一天,她并不是去训练的,而是向刘博涛借人,并且和刘博涛一起计划了这次"打劫",刘博涛还特意让参战队员提前反复进行了针对性训练。

内保找到的那部手机的机主是总后勤部一名处长。知道他是会所的常客,郝局长亲自找他谈话,要他务必当晚带着那部手机去会所,交换条件是二局不向纪委举报,这名处长可以去自首交代问题,二局还可以作证他有重大立功表现,争取从轻处理。这名处长的内心挣扎了半个小时,最终还是答应了,虽然他不知道二局这样做的目的是什么,但他知道二局不是个开玩笑的地方,尤其是局长亲自出面的事情。

这名处长的手机只是二局内保处介入的引子,今天晚上葛涞广和柳莺都在包房,"劫匪"真正要"打劫"的是顶层包房。

葛涞广觉得自己受到了奇耻大辱。

他隔着门隐约听到了外面一阵持续的骚乱，他打开门缝听了一会儿，感觉是出事了，便和柳莺穿过暗门躲进了内室，但劫匪还是闯进了总统套房。

劫匪为了防止客人打电话报警，进屋就收走了柳莺的手机。葛涞广说自己没有手机，可就是因为他说了一句实话，被粗暴的劫匪头领上来就扇了一个响亮的大耳光。

"像你们这样的男~男~男~男人都带两~两个手机，你~没有？玩~玩~~玩我呢？"

匪首不由分说开始翻找屋内物品，他的随从开始从葛涞广和柳莺的身上翻值钱的东西。

葛涞广确实没有带手机，手表不贵，被抢走了就不要了，60多万就算破财免灾了。倒是柳莺身上的被抢的东西让葛涞广有些肉疼，柳莺的那块小巧的陀飞轮手表比自己的手表还贵，一对钻石耳环体积不大，那可是好多钱啊！项链、戒指和手镯就更贵了，这帮土匪居然连脚链都抢，简直就是流氓没人性！葛涞广不敢反抗，只能一边看着一边在心里算账，同时默默地给自己的脸做按摩。

匪首开始翻葛涞广的包。

"带这么多破~破~破~破纸，多~多~多带点钱给~~哥~哥我啊！"匪首翻了翻文件袋里的文件，觉得没用，直接扔到了地上，接着又翻看钱包，显然也不满意。但看到从柳莺那里抢来的首饰和现金，匪首挥了一下手，对他的同伙说到："走~走~~走！"

葛涞广暗自庆幸，一群文盲暴徒，幸好他们对文件不感兴趣，不然还真是麻烦大了。柳莺的东西被抢也就忍了，不过她的手机被拿走了是个麻烦，但又不好报案，仓促间葛涞广也没有好的对策。

自己是堂堂的火箭军司令员，上将，虽然是农村孩子，从小到大没人欺负过自己，连村里的狗都不咬自己，今天居然被几个小混混抢了，还挨了个大嘴巴，此仇不报枉为人。葛涞广左手捂着脸，越想越气，越气越想。

葛涞广用司机的手机给会所老板发短信，只有"紫气东来"四个字。

紫气东来小区内都是独栋别墅，68号是挂在金素梅堂弟的3岁的小外孙女名下的房产，会所老板知道那个地方，虽然绝大多数的人不知道。

葛涞广显然非常生气。会所老板告诉他，客人是以房间为单位分头走的，葛涞广和柳莺是第一批离开的，没有人认识他们，认识的也不敢说。而且在分局做笔录的时候，客人的名字都是他编造的，分局的人只是记录了，没多问。防暴队在路上就已经点拨过自己关于客人名字的事情了，料想不会出问题。

"你是不是糊涂啊？怎么还报警了呢？你脑子有病了吧？你养的那帮保镖是干什么吃的啊？这种事情能报警吗？！"

老板赶忙解释："大哥，你是没看见，这帮孙子太厉害，下手还特别黑，我那十几个人也都挺能打的，可是一眨眼就全趴下了。就咱会所里的客人，不管伤着谁，我就是把脑袋赔进去也不顶用啊。我想叫牛所长他们过来，把这帮孙子吓跑了就算了。"

"吓跑了么？吓跑了么？！最后把谁吓跑了啊？！"

"大哥，当时太着急了，脑子都懵了。这不是谁都没想到嘛，市局高局长的司机偷着打了个电话，把分局的人叫来了。"

"事已至此了，倒是也好。高局长应该能把事情按下去，不然他这个局长就白干了。你记住了，你和柳莺都咬死了，我没去啊！你赶快把柳莺的那部手机要回来给我。"葛涞广揉了揉脸，继续说道："还有啊，你又不是靠餐饮赚钱，你也没少赚钱吧，你花点钱，多雇几个保镖，好不好啊！以后别再给我弄成这样了，好不好啊！"

"是是，大哥，我听你的。不过现在高局长也管不了啦，这事还弄得真有点儿麻烦。"

"什么意思?他必须得把大家的屁股都擦干净啊!他是市局的局长,这点儿屁事他还压不下去啊?你告诉老高,让他把那帮人往死里弄!"

"不是,大哥,你别着急。那帮孙子是给弄到分局了,高局长也关照分局了,但人和东西都让总参二局带走了。"

葛涞广一直捂着脸的手改去掐太阳穴了,半天才抬起头来,咬着后槽牙问:"总参二局又是他X的怎么掺和进来的啊?!二局是干什么的,高局长真的就不知道么?!"

"大哥,总后的尤处长今天也在会所,他带着的是单位配发的手机,这不是手机被抢了嘛,二局发现信号异常,就让人追到了分局,在赃物里找到了手机。他们问尤处长,尤处长承认自己被抢劫了,二局就找了市局。你想,就算公安部也顶不过二局啊,高局长他们市局就更说不上话了,后来连人带东西都被二局弄走了。"

"哎!"葛涞广叹了口气。"我有种不详的预感啊!"

老板忙问:"大哥,要不我先把会所关了吧。"

"放屁!"葛涞广今天的火气比较大,眼睛瞪得也比平日里大。"现在能关么?你有没有脑子啊?那不是明摆着告诉别人你有问题么?"

"那怎么办啊,大哥?"

"你照常开业,告诉圈子里的人最近先别去了,我找几个老板,这几天轮流去你那里撑撑门面。看看情况再说吧,要是真的没事,能躲过这一劫,你再把会所关了。"

葛涞广和二局打过交道,但那是因为别人的事情。二局查过火箭军的几个人,都是工作中的接触和配合,但这次不同了,柳莺的手机落入二局手中让葛涞广很烦心。主动找二局去索要手机简直就是不打自招,二局这帮人连蚂蚁腿上的痣是哪一种都要搞明白的,指望着二局疏忽大意没有认真查这部手机,那岂不是天下最幼稚的幻想。

葛涞广也吃不准打劫到底是偶然还是刻意。无论劫匪是真是假,都明显对文件没兴趣，如果二局暗中调查自己，为什么不取证呢？没有证据才调查的，查到了却又不要证据，这是哪门子调查？还有给自己留下心理阴影的那个大嘴巴，那就是活脱脱的土匪啊！这种假装抢劫的手段怎么看都不像是二局干的，也不会是国安，公安就更不可能了，高局长不会什么都感觉不到。算了，想是想不明白的，现在不能心存侥幸，也不能乞求万幸，自己的命运还是要自己争取，自己掌握。

阶段汇报会上关栋天刚坐下就对邱添说："官军扮土匪打劫，一看就是你的主意吧，别人就是能想出来，也没人敢这么干。局里的人你一个不用，让一帮学员去演戏，我看培训中心都被你改成戏校了。"他又转向郝局长："老郝，你也是，这么快就被这个小丫头带跑偏了，还跟着她一块儿去吓唬那个尤处长。咱们是搞情报工作的，哪里有精力去搞反腐啊。"

见郝局长和邱添都憋着笑不说话，关栋天摇了摇头。"你们俩还挺得意是吧？

都抢来什么宝贝了？拿出来让我也开开眼吧！"

"会所现场在葛涞广包里发现的文件是咱们最新型的 EQSF-25-D 型导弹的部署，即便他没泄密，至少也是违规携带文件。我们没惊动他，没取证。"郝局长汇报到。

"和他在一起的那个柳莺呢？邱添，你也是解放军文工团的，你们是同事，你说说。"关栋天还没忘了开玩笑。

"主任，您的记性到底是好还是不好啊？现在我对外的人事关系已经不在文工团了。"

"你就当我记性不好吧，前同事，这行了吧。"

"这还差不多。柳莺的手机里面有一个特殊的应用程序，网络信息处查看了程序的源代码，这是一个非常简洁的专用点对点加密通讯程序，接受服务器的 IP 地址在咱们的 IP 地址库里面是被插了旗子的。程序登录时需要同时验证密码、指纹和面部特征，目前我们没有尝试登录。那个程序还有一个功能,发送任何消息之后都会自动删除消息和记录。"

"开始有点意思啦!"

郝局长补充道:"还有一些有意思的事情。现场发现的葛涞广的手表很贵,但在单位从来没见他带过。柳莺的首饰财物就更值钱了。这些东西都不是他们两个人的正常收入能够买得起的,那么钱从哪里来的?谁给了谁钱?这不是一个简单的腐败问题,钱的流向很重要,甚至可以引导我们破案。"

关栋天点点头,若有所思。"嗯,反腐很重要,很可能直接关系到反间谍。"

关栋天看了看一直在偷笑的郝局长和邱添,继而问道"你们俩笑什么啊?我怎么觉得你们俩的笑有些诡异呢?"

见邱添不说话,郝局长接过了话:"主任,刚才您还批评我们,说我们不应该搞反腐呢。"

关栋天也朗声地笑了。"我记性不好,这话我也说过?老郝,你先别打岔,那个金素梅什么情况了?"

"在调查,她经常交往的社会关系大都是高级干部或部队将领的配偶,所以我们动作小、进展慢。"

"沈旺祖呢?有进展么?"

"暂时没有进展。现在还无法知道'319'案当天他和黄靓萌在警卫室前面说过什么,也无法确定黄是否向外传递了信息。我们也调查黄靓萌了,她的社会关系和交往很复杂,海外关系有疑点。"

"怎么打算的?"关栋天问。

郝局长答道:"下周柳莺去哈萨克斯坦演出,黄靓萌有去太原的采访任务,我们准备同时控制柳莺和黄靓萌,从外到内。"

"南部战区的两个人呢?"关栋天问。

郝局长也跟着说道:"邱添,我也正想问你呢,只是那一个咖啡馆就够他们查一通的了,去的客人挨个排查,工作量太大了。现在葛涞广、柳莺露出了尾巴,监控的时间也不短了,南部战区的两个人是不是还继续监控啊?"

"主任，局长，即便确定火箭军总部有问题，也不能反向确定南部战区没问题。我有种感觉，只是感觉而已，但却给我提了个醒。"

"这倒是，的确不能。说说看，什么感觉？"

"现在的秒表大多是电子的，早先我参加培训的时候，计时用的秒表还都是机械式的。秒表有两个指针，大指针显示秒，小指针显示分，但大多数人都习惯盯着秒针看。"邱添说道。

"你是说？……"郝局长问。

"是，局长。"

小会议室里没人讲话了，关栋天和郝局长都陷入了思考。还是关主任先打破了沉默："邱添，按你的想法继续！"

黄靓萌最擅长的是通过一对一的深度访谈挖掘故事，撰写既有温度又有深度的文章打动读者，引导读者思考，引发社会讨论。她这次去太原采访一家民营科技企业，一切进行得都很顺利。她虽然一直忙碌，但却从不喜欢赶时间，让助理订了第二天中午返程的高铁车票，晚上可以趁热打铁，构思一下报道的整体结构，自己也放松一个晚上。

天意虽善却难常随人愿。没能等到第二天坐高铁，二局的人从酒店带走了黄靓萌。

解放军文工团赴哈萨克斯坦友好访问，并在首都阿斯塔纳进行连续三天的演出，演出结束后还安排了部分骨干演员分头访问当地艺术院团，到当地高校和青年学生交流，慰问在哈萨克斯坦的中资企业等社会活动。

演出的第一场是内部演出，并不对社会开放，前来观看的都是哈萨克斯坦的军政要员，哈萨克斯坦总统夫妇和总理，外交部长以及中国驻哈萨克斯坦大使夫妇和使馆武官也会出席观看，同时还邀请了部分国家驻哈萨克斯坦的大使、夫人及武官。文艺演出已经变成了一场外事活动，可谓盛况空前。

演出剧场门前挂着巨幅海报，路人纷纷指着乐队首席指挥，首席女歌手柳莺，首席男歌手和首席小提琴手的照片品评议论着，门前的台阶上黄牛忙着兜售后面两场公开演出的门票，还有小贩在售卖柳莺的专辑。

首场演出隆重开幕，柳莺最后一个出场，连唱了两首中国民歌。柳莺的嗓音甜美，歌声婉转，技巧丰富，技术精湛，优雅大气，造型、服装、乐队、伴舞和灯光配合堪称完美，台下掌声经久不息，报幕员不得不请出柳莺返场。

柳莺显然早有准备，已经换好了一身哈萨克斯坦民族服装，显得俏丽活泼。她加演一曲哈萨克斯坦民歌和中国民歌联唱，一开嗓就引来台下一片掌声。

随着俏皮灵动的间奏响起起，舞台的灯光台闪烁，台下的观众都在期待着聆听中国民歌的部分，此时舞台的灯光突然全部熄灭，观众席传来一片"啊"的惊呼。

观众的惊呼声还没褪去，一秒钟后舞台的灯光又重新亮了起来，谁都不知道柳莺是怎么做到的，她已经在台上瞬间完成了换装，变身成一位身着中国少数民族服饰、娇羞热辣的女子，还没开口，观众席已经掌声和尖叫声一片。幸好是由演出经验丰富的首席指挥执棒，他临时调动乐队重新演奏了一遍间奏和前奏，等待观众的情绪稍稍平静一些，好让柳莺的声音不至于被欢呼声彻底淹没。

　　太极高手高辅臣依旧平日每天在公园里和办公室打太极，周末在家中挥毫泼墨，巧笔丹青。

　　高辅臣的生活和社交相对很简单，没有太多的朋友，儿子在宁波开了一家物流公司，一年中也就是春节回广州来看一趟父母，其他日子儿子太忙，一周都不一定能通一次电话。

　　高辅臣日常接触最多的两个社会人员要算是王嘉豪和陶圣卿了。

　　高辅臣和王嘉豪的父亲是老相识了，王嘉豪在广州开过发廊，后来发廊盘了出去，他又干过不少行当，做过不同生意，哪个都干得时间不长，最后还是炒股票赚了钱，股市里赚了大钱后也不炒股了，把钱投进了房产，多年滚动下来手上拿着好几套房子。他唯一没放下的就是手里的剪刀，虽然早已经不开发廊了，但手艺没有荒废，经常帮朋友和朋友的朋友设计男女发型，兴致来了也动手剪几下，但仅限朋友间玩一玩。给高叔叔剪发还是王嘉豪的父亲提出来的，这么多年了，只要王嘉豪在广州，每周必然会来一次高叔叔家里，如果临时有需要也一定是随叫随到。

陶圣卿是中医世家，到他这一辈已经是第五代了，在广州一带的文人墨客圈子里小有名气，高辅臣的字画就是当初靠陶圣卿的薄面请到大师亲授，到现在才练出了些模样来。

陶圣卿比高辅臣小2岁，却已经把医馆传给了儿子，自己处于半退休状态，大部分时间都用来照顾孙子了。他又托关系跑批文，帮儿媳在医馆旁边开了一家药房。陶圣卿的儿子是中医大学毕业，毕业后没有去公立医院，而是一直跟着他在医馆，虽然还需要继续锤炼，但已经完全可以独当一面了。陶圣卿只偶尔去一趟医馆，顺带给儿子讲讲中西医结合，或者帮着看些疑难杂症。病患都愿意找年纪大的中医诊治，自己露面太多，病患很难建立对儿子的信任。自己偶尔露露面，知道有自己给儿子托底，病患反倒愿意来医馆求医问诊。

均是祖籍湖北的陶圣卿和高辅臣算是世交了，陶家曾有千金是清末二品大员的如夫人，出生时本来和高家指腹为婚的，因高家生下的也是女孩，也就是高辅臣祖父的姐姐，两个孩子拜了姐妹，也一直是无话不谈的闺中密友。后来高辅臣的父亲弃商从军参加了革命，陶圣卿的父亲四处奔走医药救国，两人一直也没断了来往。人生何处不相逢，不知是天意还是命运，60年代初两家先后都到了广州，又聚在了一起。

高辅臣和陶圣卿自幼就兄弟相称，几十年往从甚密。陶圣卿不但精中医，还曾在当年的日本留学学习过西医，高辅臣夫妇身体偶有小恙时基本也没去过医院，都是陶圣卿来给诊治。高辅臣的夫人杨如柳身体一直羸弱，高辅臣常请陶圣卿到家里来把脉调治。

"雨霏的小屋"咖啡馆的生意一直挺平稳，广州的天气已经算得上有些炎热了，同样火热的还有张卫恒和林雨霏的感情。

张卫恒对咖啡馆的事情也挺上心，到底是主任参谋，他出了个不错的主意。

张卫恒爱看书，时常去附近一家叫"史哲文的梯子"的书店去买书。书店的老板就叫史哲文，从挪威留学回来的，学的法学，回国后一时找不到工作。史哲文的爸爸在温州老家有皮革厂，妈妈专职炒房，不算大富大贵，但也绝对不缺钱。史哲文不愿意干皮革厂，又找不到工作，于是想自己干点什么，就在家里的资助下来广州开了间书店，位置恰好离雨霏的小屋不远，毕竟这里不是最繁华的地段，房租便宜些。

史哲文想走小众路线，店里的书倒是和他的名字一样，没有什么大红大火的流行书，专注文史哲学，正巧对了张卫恒的胃口，张卫恒经常光顾。

最近张卫恒给史哲文出了个主意，书店辟出一角，弄几个座位提供咖啡，让读者边休闲边读书。书店则在林雨霏的咖啡馆免费放些书，而且定期更换，再放上书店的宣传材料，这样两个店一个强调情怀，一个突出情调。

林雨霏也同意这个想法，分担了一部分书店的房租，新买了设备，还请了一个人照看书店的咖啡角，她自己还是照常打理自己的小屋。

书店和咖啡店的生意都比之前好了一些，史哲文和林雨霏都很开心，张卫恒也很开心，他觉得自己的社交能力大有进步，甚至还能帮着林雨霏谈点儿事情，多读书还是有用的，当然，关键还是要有行动。

不太开心的是二局华南处，现在又多出一个书店来需要关照。

华南处秘密接入了书店的监控摄像头进行观察，侦察员发现最近2周内张卫恒去过三次书店，他的行为看上去很正常，和老板闲聊，问问店员咖啡的销售情况，再翻看挑选书籍。细心的侦察员很快注意到了规律性的细节，另外一个史哲文的书店的客人，看上去也会随意地挑选书，但每次张卫恒离开书店后2-3个小时之内他都会出现，而且他看的书籍至少有一种和张卫恒是重叠的，近期监控到的三次无一例外。

店老板每天打烊后整理一次书架，书籍按门类和作者码放得很整齐。华南处侦察员装作读者去了书店，按照三次的时间顺序和录像中书在书架上的具体位置进行查看，三本书都是德国哲学家的著作，第一本书的作者是 Johann Heinrich Lambert，第二次看的书作者是 Moses Mendelssohn，第三本是 Novalis 的书，都是国内很难见到的。

拉姆伯特的书是中译本，其他两部是德语原版，华南处虽然有德语翻译，但这种书本就晦涩难懂，一时也找不到突破的方向，于是科长把情况汇报给了项温玉。

项温玉研究了全部材料后直接给邱添打电话征询建议。

"项处长,最近南部战区火箭军有什么重要的安排或行动么?"邱添在电话里问道。

"有的,最近的确事情比较多。列装新型洲际导弹的部队派人到西北基地学习操作,两款新型的中程导弹运送列装部队,团级以上干部轮训计划刚刚定下来,云南某部参加一款新型导弹的实弹测试,海南新增两处导弹部署,向南海两个岛运送一款短程和一款中程导弹。"

"项处长,情况我清楚了。请您安排侦察员在现场观察,如果张卫恒再去书店,看一本作者姓氏里面带有字母'O'的书,赶在另一个人到来之前查看一下书籍,但不要动任何证据。"

"那如果真的有问题,是不是收网?"

"不收网,把对张卫恒的所有监控都撤掉,改为监控接头人。"

果然,张卫恒再去书店的时候,翻阅的书当中有一本的作者是Rudolf Otto,侦察员发现书里面夹着一张全部是字母乱码的小纸片,于是偷偷用手机拍下了书的封面和那张纸片,记下了夹着纸片的页码数,把书放回了原处。

第四章　阿斯塔纳的演出

　　黄靓萌被带上了车,带上了飞机,带上了车,带进了一个房间,比原计划提前了很多回到了北京,只是她自己不知道已经回到了北京。

　　带走她的人只说自己是部队保卫部门的,便再也不讲话了,直到她在一个房间里等了半小时,才进来两个人,这次终于有人和她说话了,两个穿军装的人。

　　"黄靓萌,希望你配合我们的工作,把一些情况讲清楚。你看看这张纸,上面是你最近 15 个月多次去美国驻香港领事馆和美国驻新加坡使馆的记录,你详细说一下你去做了什么?"侦察处的李秉文处长免去了繁文缛节,直奔主题。

　　"你们这是非法拘禁!"

　　"这就对了。你非法在先,我们拘禁在后。我没看出来有什么问题。"

　　"你诽谤!我没有违反任何法律!你们是什么人?"

"别着急下结论,这是一个很简单的逻辑问题。你说我诽谤,如果最后证明你违法了,那么现在就是你在诽谤我!"

"你就是无赖!诡辩!你们到底是什么人?"黄靓萌尽量保持平静和优雅。

"从军装上你应该能看出来,我们是中国人民解放军。前面既往不咎,后面的谈话中请你注意措辞,侮辱和诽谤解放军在中国是违法的。"

黄靓萌沉默了一小会儿。"我要打个电话,给我的律师。"

"罗列律师么?我想你说的应该不是香港的乔治·张律师。你不能给罗律师打电话。说明白点,你不可能有机会和任何人联系。"

"你们凭什么限制我的人身自由?你们凭什么拘禁我?我有权力找律师!"

"你不需要问重复性的问题,你说的每句话我们都能记住,也都有记录。"李秉文摇了摇头。"我来给你解释一下。我们是负责军事情报的,你能理解我的表达么?我们的专业是抓间谍,但也都是和部队有关的。你找律师的期望我个人完全能够理解,但你的期望在我们这里不适用,就是个幻想,我们这里是部队,军事单位,和在地方上不一样。现在你可以对照你自己的行为进行理性的逻辑思考,不要逼自己,我们有时间。清单给你留下,也许有助于你回忆。"

房间里只剩下了黄靓萌,她的确需要想一想,认真仔细地想一想。这一切都发生得太突然了,毫无征兆。对方显然知道些什么,但她不清楚对方到底知道多少。这就是个心理游戏,不忙,现在就剩下自己了,确实要理性地思考一下,拿个对策出来。

李秉文并没有给黄靓萌留什么思考的时间就再次回到问询室,不过黄靓萌还是主动开口了。

"我和沈旺祖只是工作关系,仅此而已。我们一起吃饭,甚至是送过他一条围巾,也都没有超出工作关系的范畴。他有家庭,我是知道的,我不会破坏别人的家庭。我只是进行正常的采访,没有违法。"

"你是记者，习惯了向别人提问，不习惯回答别人的问题，所以你可能没有理解我的问题。我是在问你自己的事情，没问沈旺祖的事情，或者你和沈旺祖的事情。"

"我要找领事，我是新加坡籍，我需要领事保护。"

"我们的沟通可能有些困难。你不但听不懂问题，也听不懂叙述。我再为你重复一遍吧。我们这里是军事情报部门，你可以忘掉社会上的那些做法，律师，领事，办案时限等等。你的助理已经发现你失踪了，你的报社也已经开始找你了，很快你们的使馆会找你，美国人也会找你，但没人知道你在哪里。你能理解我说的话么？"李秉文知道黄靓萌不清楚现在的时间，现在是晚上11:18，他故意用黄靓萌的助理制造她时间感上的混乱，让她认为已经是第二天了。

"我没有做任何事情，我不是间谍，你们没有证据不能随便抓人。"

"你是不是觉得我们的智商都很低下，没有证据就随便抓人，然后搞得自己很麻烦，很被动？你不会在心里指望着我们向你道歉，再把你送回北京吧？"

"如果你们有证据，你们就不用问我了，直接给我定罪好了。"黄靓萌冷笑了一声。

"我们是讲法制的。你的供述会作为证据。再者，可能会有我们不知道的事情，你主动交代，会在量刑的时候考虑进去。"

"我说过了，我不是间谍，我什么都没做，我有采访的自由。你们不能把我关起来，离开这里之后我会报道这件事的。"

"你知道你在哪里么？飞了一圈，你会不会还在太原？或者在赤峰，北京，兰州，长沙？"李秉文面带微笑。

"这我不管，我是守法公民，合法采访，你们必须放了我。"

"你可能接受过培训，但你不是职业军人。我们是，我们不但是职业军人，而且是职业的军事情报人员。你明白你的处境么？你清楚你在和谁打交道么？你学的那些很可能帮助不到你，反而会把你的处境搞得更糟糕，甚至无可挽回。"

黄靓萌沉默了，她显然是在思考着什么。

见黄靓萌不再重复那两句话了，李秉文继续说道："你虽然是新加坡籍，但你自幼在北京长大，父母也是知识分子，从人情角度讲，我把你当作中国人才和你坐在这里的。"

"你讲人情是好，可是你也要讲法律，讲证据。"黄靓萌又开始谈法律了。

"你是读书人，你肯定知道，在中国历朝历代，对待细作都是抓到了就砍头的，太简单粗暴了，根本不讲法律的。正是因为我们讲法律，讲证据，这才给你机会让你说的。当然，如果你坚持不说，我们也可以根据手上已经掌握的证据处理你，不再问你了。"

黄靓萌眯起了双眼，面带蔑视。"你在威胁我吗？"

"你显然高估自己的地位了。这样吧，这里毕竟不是公安局，我们节省点儿时间，我跟你说一下对待你这样的间谍的几种可能的处理方式。"

"我倒想听听你是怎么恐吓一名守法公民的。"黄靓萌嗤之以鼻。

"第一种,你从此彻底消失了,别害怕,当然不是要处死你,也不是把你送进监狱,你会在一个特殊的地方度过余生,这种做法最简单。第二,我们宣布你是间谍,公开你的资料,你会成为网红,开庭审理的时间和量刑不好说,看你们那边是不是还需要你吧,这里边变量太大。第三,让全世界都知道你是间谍,然后把你放了,看看你们自己人会怎么处理你,这种情况我们见的多了,这两年流行的是车祸或者心脏病,自杀早就不流行了。当然,选哪个你说了也不算。"

李秉文说罢就离开了,很快进来了两名战士把黄靓萌带到了监室,没有人再来了。

李秉文原本也没打算问出什么来。按邱添的要求,李秉文只是初步接触一下黄靓萌,敲打一下给她一定的压力就好。现在侦察处工作的重点是观察各方面对黄靓萌失踪的反应。

第二天下午新加坡使馆就联系了公安部，要求公安机关协助查找在太原失踪的黄靓萌。第二天晚上有人去黄靓萌在太原住宿的酒店打探，人被二局侦察处盯上了。

沈旺祖连续几天一直没有什么反应，似乎不知道黄靓萌失踪，看上去也没有和黄靓萌联系的打算。

解放军文工团在阿斯塔纳的第三场演出和前两场一样的成功，当地观众纷纷要求再加演几场，但由于日程安排已经不太可能了。带队的团长接受当地媒体采访时热情地邀请哈萨克斯坦朋友们多去中国走走看看，中国不但有美景和美食，还有很多高水平的艺术院团常年在各地演出。

柳莺的后两场演出仍然是大轴出场，同样是连唱两首中国民歌，但并没有表演民歌联唱，更没有展示瞬间换装的绝技。

第一场演出时的联唱和换装已经有人在剧场里用手机偷录下来发到网上了，更多的人知道那段惊艳的表演就可以了，想在现场亲眼鉴赏，那就是另外的故事了。柳莺只在重要的演出中才会展示，越是得不到的就越是吸引人，一旦得到了却往往不再被珍惜，难道不是么？

演出结束后，柳莺回到酒店时已经是晚上11点了。对于参加演出来讲，这个时间回到酒店并不算晚，团里的工作人员把一切都安排得周到有序，自己跟着就好了。

柳莺随团演出从来不搞明显的特殊化。自己成名之后随团演出时团长曾经问过多次，每次都想给她安排酒店最好的房间，但每次都被柳莺谢绝了，坚持按照首席的待遇标准，只住大单人间。私人外出的时候，多高级的酒店房间柳莺都住过，随团的时候她不想在别人面前特殊，别人在她背后指点。

如果说有点特殊，那就是她会在演出后要点一瓶酒让酒店送到房间，起初她坚持自己付费，但团长每次都争得面红耳赤，她觉得有其他同事在场不好看，后来就不争了，每天一瓶酒也不算什么大事吧，不要搞得人尽皆知，传得沸沸扬扬的，本来自己背后的传闻就已经够多的了。

柳莺原本是滴酒不沾的，她自幼就认为喝酒是男人的事情，村子里的男人喝了酒之后就变成了另外一个男人，恐怕他们自己都认不出自己了，当然，第二天又变了回来，似乎什么都没有发生过，不知道这种变化是因为酒的神奇还是因为人的神奇。

从山村里出来进了城，接触的人慢慢地多了，她发现城里的女人也是可以喝酒的，但她不感兴趣。她是在什么样的机缘下喝的第一口酒，自己已经记不清了，或者是不想记起吧，大抵是某次接待领导的应酬，断是离开武警文工团之后的事情了。无论如何，很多事情都是一旦开始，便休想再停下来了。

柳莺的酒量很大，饮酒量则往往在不知不觉中超出她的酒量，她知道自己一直在饮酒和酗酒的边缘反复穿越，她的精神会经常跑到酗酒的那一侧去，但身体一直都是停留在饮酒这一侧的。后来她暗自发心，每天最多只喝一瓶，绝不超量。和葛涞广在一起的时候会破例，但好在自己并不是每天都和他在一起。

柳莺回到自己的房间，打电话到酒店厨房点了一瓶酒。她最喜欢的酒是意大利的"经典基安蒂"，倒是也说不上这酒哪里好，不过适合自己的就是最好的，这种酒到处都能买到，酒精度又高，这本身就很好。

柳莺放下电话，刚刚脱下披肩扔到沙发上，门铃就响了。

"这么快就把酒送上来了么？"柳莺一边想一边向门口走去，透过猫眼看到一个不认识的女孩。

"找我么？什么事？"柳莺把门打开一条缝。

"莺莺姐，我是新来的干事。团长让我把调整之后明天的行程给您送来，再和您解释一下具体安排。"

团里的人都喜欢叫柳莺"莺莺姐"，不管年龄如何，这样称呼至少显得亲热，听上去关系近。看样子新来的干事也已经摸着了门道,第一次见面,嘴倒是挺甜,只是对柳莺来说显得有些庸俗。

"进来说吧。"柳莺打开门让小干事进了房间。柳莺对团里的人都挺随和,从来不摆首席的架子,自己就是山里出来的孩子,为什么要难为别人呢。"怎么称呼你啊?我好像没见过你。明天的行程都改什么了?还是下午两点出发么?"

"莺莺姐,我叫邱添。我不是团里的干事,我是总参二局的。"

柳莺一愣,一下子说不出话来。邱添说出了紧急联络的口令,过了10多秒柳莺才反应过来,回了口令。紧急联系的口令是团里一定级别以上的演职人员才会有的,是遇到特殊情况或危险时和保卫部门的人员之间确认身份用的。柳莺从葛涞广嘴里听说过总参二局,但她不明白为什么二局的人突然来找她,而且是在哈萨克斯坦。

见柳莺有点走神,邱添说道:"莺莺姐,我来是找你有些事情想要了解。你是公众人物,在国内人多眼杂,这里只有我们两个人,说话方便些。口令可以证明我的身份,你放心。"

柳莺这才回过神来,刚要搭话,门铃又响了。

"莺莺姐,你约人了么?"邱添问道。

"没有,应该是来送酒的。我要了一瓶酒。"

"什么酒?"

"基安蒂,经典。"

"哦,那你跟我到卫生间来吧。"邱添道。

柳莺不明白为什么,心中产生了一丝恐慌,但还是跟着邱添进了卫生间。

门铃又响了一遍。邱添并没有通过门上的猫眼向外看,而是在离房门几步远的地方用俄语问道:"是谁?"

"客房服务。"对方的英语口音很重。

"什么事情?是来送我要的酒么?"

"客房服务。对不起,我只懂英语。您要的酒我为您送来了。"

邱添改用英语说道:"马上就来,抱歉,我正在做面膜,请稍等我一下。"

邱添说罢也进了卫生间,脱掉自己的高跟鞋和袜套,接着又脱掉了自己的连衣裙。柳莺感到惊讶的是邱添的身材,感到惊愕的是她身上隐约的伤疤,感到惊恐的是她大腿上挂着的两把手枪。

邱添抓起卫生间里挂着的一件浴袍穿上,又熟练地从柳莺的化妆包里取出一片面膜敷在脸上。柳莺觉得邱添拿自己化妆包里的东西过于熟练了,不但知道自己有面膜,而且知道放面膜的位置,简直就像在从邱添自己化妆包里面拿东西。

邱添示意柳莺在卫生间里不要出声,出来关上了卫生间的门,一边用一条毛巾把自己的头发包起来,一边光着脚去开门。如果来人不是熟人,会以为是柳莺刚刚洗完澡,正在做面膜保养皮肤。

"请进!"邱添打开了门,一只手指向沙发那里。"抱歉,我正在做面膜,耽误了你的时间。麻烦你帮我把酒放在那边吧。"

"是，女士。"服务生扫视了一下屋内，双手端着盘子向屋内走去，邱添随手关上了门房。

服务生放下托着酒瓶和酒杯的盘子，顺手从腋下拔出手枪，他回身时，邱添手中的两支手枪正对着他。

到底是职业杀手，"服务生"毫不犹豫地要扣动扳机，但邱添更快，左右手同时开枪，杀手头部中弹，一声不吭地倒在了地上。

邱添检查过尸体后又打开房门听了一会儿楼道内的动静，这才关好房门让柳莺从卫生间里出来。看到地上的尸体和尸体旁边的手枪，柳莺倒是控制住了自己没有叫喊出来，但已经全身肌肉紧绷，神经高度紧张了。

"是来杀我的么？"柳莺的声音有些颤抖。

"来你的房间，送你要的酒，肯定是来杀你的。"

"你到底是谁？你怎么知道有人要杀我？你也有枪，你不会和他们是一伙的吧？"

"莺莺姐，你不用草木皆兵。我真的是总参二局的，在国外不能带证件，但我们刚才对过口令了。我不知道有人要杀你，只是碰巧撞上了。也不是完全的碰巧，你看，大家都是在你三场演出都结束后来找你，只是我来得最早。"

"你怎么知道他是杀手的？我怎么相信你？"

"这个很好判断，我给你解释一下。这里的官方语言是哈萨克斯坦语，但很多人都会俄语的。你所在的高级酒店的服务生只会英语不会俄语本身就很奇怪。第二，他不是单手托着托盘的，而是两只手端着，像端洗脸盆，在部队宿舍你见过吧。这说明他没受过培训，我观察过这个酒店的服务生，都是很专业的。第三，他服务生制服的纽扣没有系上，是为了他动手时行动灵活，而且不影响剧烈活动时的呼吸。"

"为什么有人要杀我？到底是谁要杀我？"柳莺仍然心有余悸。

"莺莺姐，我们就不兜圈子打哑谜了。你想想会有谁要杀你，会不会和葛涞广有关？你是不是知道他的什么事情让他感到不安全了？说实话，你在会所被抢的手机我们已经检查过了。"

柳莺蹲在的地上，口中喃喃道："不可能，不可能，绝对不可能。"

"不可能是葛涞广么？你觉得还有第二个人有理由并且有能力在国外杀你么？"

柳莺嗖地站了起来，死死地盯着邱添看了一会儿，接着独自在屋里踱起步来。

柳莺突然停在了邱添面前。"怎么办？现在怎么办？尸体怎么办？还会不会再有人来杀我？我还能回国么？不回国我又能去哪里？"

"莺莺姐，你的情绪不太稳定。你要先喝点酒么？"

"我讨厌酒,我讨厌喝酒!我再也不喝酒了,说到做到!"柳莺看了看酒瓶,拿起来又放下了。

"莺莺姐,我回答不了你的所有问题。但如果你把你所知道的葛涞广的事情都告诉我,我会保护你的。杀人和你没关系,尸体你也不用担心,你别忘了,我们是总参二局。"

"你叫什么来着?"

"邱添,我叫邱添。"

"邱添,你叫邱添吧?你能保护我么?你真的能保护我么?"

"你刚刚看到我身上的伤疤时有些惊讶,你看到的只是一部分伤疤。我说这话的意思是,你不了解我,我也不能说太多,那些伤疤就是我的军功章,解放军的军功章可是没有一滴水分的。在我身边你不会有任何危险的。"

"我看你年纪不大,居然什么都逃不过你的眼睛。别人看着我活得很光鲜,其实活着没什么意思,每天就像行尸走肉一样,但我没有勇气去死。我还能回国么?还能唱歌么?"

"你现在还想着唱歌,说明你还热爱生活,热爱你的事业,这是好事。我明确地告诉你,你可以回国,有两条路。一是把你和葛涞广的事情都说清楚,我们保护你,你继续唱歌。二是你自己回去,万一你遇害了,我保证会追查凶手,还你公道。"

"妹妹,叫你妹妹没错吧?"

"莺莺姐,没错。你15岁零7个月入伍,到现在军龄27年,我9岁入伍,军龄24年,我比你小。"

"那好,妹妹,我也经历过一些事情,没那么脆弱,我现在不那么害怕了。但你刚才跟我说回国的事情,我觉得你不是在宽慰我,是在吓唬我,甚至是威胁我。"

"莺莺姐,我这人说话直,我不会给你任何错误的希望甚至幻想,那样是在害你。"

"你要真是我妹妹就好了,已经很多年没人跟我说实话了,都在看我的笑话,弄得我现在都听不得一句实话了。"

"莺莺姐,告诉你个秘密,因为我一直做保密工作,很多年我都用军艺的学生和解放军文工团演员的身份作掩护,说起来咱俩还是一个团的战友呢,就是我从来没去过团里。"

"你用这个掩护身份,那你是不是也会点儿什么啊?你长相和身材都不错,唱歌还是跳舞?"听到邱添这么说,柳莺的心情平复了些,对邱添的戒备心理也降低了。

"我是拉京胡的,吹个牛,我拉得正经不错呢。"

"哎!我们家大肚肚的外公早年是戏班里拉琴的,大肚肚就是搞弦乐的,京胡他也会,有机会你们倒是可以切磋一下。"提起杜辛仕,柳莺的泪水流夺眶而出。

"出来之前我见过杜辛仕,我能看出来,他还是爱你的,提到你的时候他眼里有泪,也有光,他一直在等你,等你回家。

111

莺莺姐，跟我回家吧，我帮你彻底摆脱葛涞广，让他再也碰不到你一根毫毛。"

柳莺跌坐在地毯上，把头埋进双臂，全身抽动着，没有哭出声音，良久才平静下来，抹了一把泪，对邱添说："我恨你，你把我的心都戳碎了！"

"我去洗一把脸。"柳莺站起身，说罢径自朝卫生间走去。

从卫生间里出来的柳莺已经基本恢复平时的状态。"邱添，你做我的妹妹吧，你要是不嫌弃，就把我当亲姐姐。咱们什么时候走，你送姐姐回国。这么多年了，姐姐还是第一次想回家。"

一大早葛涞广的秘书就来喊报告敲门了。

"司令员，文工团团长给我回消息了，阿斯塔纳酒店柳莺的房间出事了。"

"出事了？能出什么事？"

"柳莺遇害了。"

"遇害？！酒店里？不能吧？确定是她本人么？团长亲眼看到了？"

"报告，哈萨克斯坦的军情部门说是柳莺，团长没亲眼看到尸体，他被叫去辨认物品，都是柳莺的。他进屋的时候，尸体刚刚装进尸袋，只看到抬出去了，没看到脸，地毯上一滩血，衣服什么的就仍在那儿，酒还没开瓶，是柳莺要的。"

"这么大的事情，他怎么也不确认清楚啊？！"

"他们是部队文工团，哈萨克斯坦挺重视，没让警察去调查，对口派的军事情报机构的人。那些人不太好说话，而且一个个跟哑巴似的，咱什么都问不出来。不过肯定是柳莺，您想，哈萨克斯坦人说了，就是台上变衣服的那个大明星，那不就是柳莺么？再说，尸体抬走了，柳莺不见了。"

"哎，太可惜啦！太可惜啦！"葛涞广可惜的是团长没有亲眼看到柳莺的尸体。

"是，司令员，太可惜了！"秘书一脸惋惜是为了表现出对柳莺的同情。

"你别让我挤牙膏啊！国内都有谁知道了？"

"是，司令员。总政已经接到报告了，文工团隶属他们嘛。总政指示按原计划完成出访任务。尸体运回国和后续调查的事情，总政会找总参二局。二局那边我没敢打听，怕反倒惹上麻烦。"

"他们总政不是有个八局么？他们为什么不自己查？这事还要找外人么？"

"司令员，这事不归总政八局管，而且八局只是隶属总政，业务总政说了不算，都得听'信工委'的。"

"对，我把这事忘了，平时叫总政八局叫顺嘴了，实际上是'信工委'领导。行了，我知道了。心里难受，我一个人待会儿。"

"是，司令员。"

侦察处李秉文处长最近有点忙。同时侦办两个涉及到解放军高级将领的案子，沈旺祖案还悬着半截，和葛涞广有关的案子又有了关键进展，由他亲自审问柳莺。

"柳莺，电视上总见你。我叫李秉文，总参二局侦察处处长。你看一下我的肩章，我这个军衔的问你，你应该知道这个案子的性质。咱们不打官腔，开门见山。从你和葛涞广认识开始说吧。"

"李处长，既然我答应邱添了，我就一定会如实说的。但我不知道您能不能理解，很多回忆对我来说很痛苦，是一种折磨。所以我想和邱添说，她肯定能懂我，能帮我，您能把她叫来么？"

"不行。我跟你说为什么啊。这个案子原本就是邱副局长亲自负责的，但是她说了，你们认了姐妹，她得避嫌，结案之前不能再见你。"

"邱添对我一个字都没提，我还真不知道她是你们的副局长，不然我也不敢和她认姐妹。"

"你在部队也快 30 年了，你应该清楚部队的规定。可能你们文工团要求没有那么严格，但在我们二局是不允许江湖义气和拜把子这一套的,也不允许拉山头、搞小圈子。邱副局长已经如实向局里汇报了,她挨批评了。我提醒你一下,事情要看本质不要看表面,以后不要再提姐妹什么的,影响不好。局里同意邱副局长的要求,也是从尊重她个人感情的角度考虑的,我们也是力求人性化嘛。"

据柳莺交代,近5年当中葛涞广一共让她利用手机里的应用程序发送过13次信息,每次都是葛涞广发短信给柳莺,由柳莺照原样一字不差地转发出去,而且都要立刻转发,然后删除收到的短信。柳莺并不知道自己通过应用程序把信息发给了谁,只是每次都照做,但却暗中偷偷翻拍了短信,以防哪一天自保的时候会用到。

13张短信内容的照片都交给了破译处,最后译出"319"案当天10:19分葛涞广发给柳莺的短信的内容是"速撤离问月岛"。据柳莺回忆,那天上午她碰巧没有排练和演出,她大概是在 10:28 分左右转发出去的,看到应用程序自动删除了信息后,她退出了程序。

柳莺交代了自己所掌握的葛涞广的贪腐问题，也承认了自己和葛涞广维持不正当关系的事实，但柳莺坚决否认参与了其他事情，坚称根本没有见过什么关于火箭军的文件，就更不要说向外传递文件了。

柳莺还提供了一个重要的情况。曾经有过那么几次，葛涞广和柳莺在会所过夜，但中间葛涞广拿着包离开顶层包房一小会儿便又回来了，感觉是去见了什么人，而且拿着包，应该是比较正是或重要的事情。

二局审问柳莺的这几天，葛涞广的心情一直不错。他听说总后的尤处长去纪委自首了，交代了自己的贪污腐败问题。所以回过头来看，那天晚上会所被打劫可能就是个偶然。估计是二局通过尤处长的手机发现了什么，最后他迫于压力去自首了。根本就不能和二局那帮人沾一点边，如果被那帮人盯上，一定是上天无路，入地无门，休想脱身。

葛涞广还听说柳莺的遗体已经被二处运回来了，正在做尸检。考虑到柳莺的社会影响，在案件没有调查清楚，凶手没有找到之前，暂不对外公布柳莺遇害的消息。

让葛涞广觉得好笑的是，二局那帮人太能装了，为了封锁消息，人都死了，还在让解放军文工团为柳莺安排独唱音乐会，并且在官方媒体上大做宣传，3周之后就要演出了，地点居然定在总政礼堂，还敢预售门票，到时候怎么收场啊？想想都觉得滑稽，脸疼。想到二局即将要被打脸，他又下意识地揉了揉自己被打过的左脸。

他庆幸自己聪明且果断，及时安排让人把柳莺除掉了。据说这次找的杀手是个老外，本来就没来过中国，事后更不会来，二局到哪里去找凶手啊？万一柳莺被二局盯上，她根本扛不住，就算查不出别的来，单单是柳莺所知道的自己的贪腐问题，自己也得比总后的尤处长先出事。现在好了，只凭一部机主不会说话的手机查不出任何问题，也不会关联到自己。最坏的情况就是有人乱咬自己和柳莺的关系，大不了自己承认在和异性交往时不够严谨就是了，反正一切都死无对证。

他通知会所老板，月底就把会所关掉，人先回老家，之后出国待一段。让金素梅还是照常活动，该打牌就打牌，该聚会就聚会，只是最近不要和那帮姐妹谈事情，赚钱或者安排干部晋升的事情都放一放再说。

黄靓萌被单独关在一个监室里，没有窗户，门也不透光，屋顶的灯永远亮着，她不知道地点，不知道时间，没有人也没有人能讲话。监室里面太安静了，每天听到的最多声音就是自己的呼吸和心跳。她不知道外面发生了什么或者正在发生什么，她不知道自己在这里待了多久或者还要待多久。

外面倒是没有什么和黄靓萌有关的重要事件发生。新加坡使馆一直在找她，也在不断向公安部和外交部施压。公安部很尽力，只是暂时找不到人。公安部建议发寻人启示甚至对提供线索的人进行物质奖励，但新加坡方面不敢公开黄靓萌失踪的消息，所以坚决反对，事情就一直悬而未决，拖了一个多星期。

沈旺祖还是忙忙碌碌，看不出有什么变化，中间给黄靓萌打过一个电话，没人接，他也就没再打过。

黄靓萌终于坚持不住了，自己主动要求交代。

黄靓萌是五角大楼发展的中国区专员，严格地说是专员之一。她最新接受的任务是接触和接近沈旺祖并尝试发展感情，第一个目标是策反沈旺祖，如果不成功，就陆续把一些泄露军事情报的证据暗中嫁祸给沈旺祖，接着公开和沈的感情纠葛，沈旺祖动不动感情都无所谓，重点在纠葛，以感情为导火索反向牵出泄露情报的证据，搞掉沈旺祖。对沈旺祖这个鹰派人物的策略就是，若不为美国所用，亦不为中国所用。

通过多次接触，如果说沈旺祖对黄靓萌没有特殊好感，但至少并不反感。表现得既知性又理性的黄靓萌善于倾听，善于调动对方的情绪，两个人很谈得来，沈旺祖甚至毫无戒心地愉快地接受了黄靓萌的小礼物，一条看着儒雅大方，但价格非常亲民的围巾。

两人的谈话中黄靓萌也常给沈旺祖提意见，但分寸把握得很好，表达方式也让人很容易接受，沈旺祖反而和她讨论得更加热烈了。

千里之堤毁于蚁穴。在黄靓萌看来，蚁穴已经出现了，让感情的洪水慢慢地，悄无声息地冲刷，终有一天沈旺祖的感情大坝会一夜间轰然倒塌，而此前他自己还毫无察觉。黄靓萌相信，这一天很快就会到来。

令黄靓萌遗憾的是，最先到来的是总参二局的人，像洪水一样，一波就冲毁了她精心构筑的一切，也冲毁了她苦心经营的人生。

黄靓萌还交代，319案当天，是她的上线要求他务必赶在上午11点之前去找沈旺祖，随便找个借口说点什么。黄靓萌的办公室离沈旺祖所在的机关大楼不远，不过她紧赶慢赶还是晚了3分钟，借口说想临时采访沈旺祖，但沈旺祖当时正忙，两人便约了晚上采访，顺便一起吃晚饭。

黄靓萌被秘密移交给新加坡，她含泪离开北京。两周后黄靓萌在新加坡遇袭，万幸有人施以援手，被救脱险后她辞去了香岛日报的工作。经二局劝说，她再次回到北京，作为专栏作家为多家媒体撰稿，不过再也没有联系过沈旺祖。

第五章　逝者的独唱音乐会

秘书给葛涞广送来了一张门票，周六晚上七点总政礼堂，柳莺个人独唱音乐会，贵宾席。

"票是谁给的？"盯着门票上柳莺的照片，葛涞广问道。

"总政发的，说请您去看演出。据说他们给各军兵种和领导机关都送内部观摩票了，贵宾席。我觉得这件事情不正常，柳莺不是那个…，于是我就打听了一圈，确实送票了。按惯例柳莺一年只办两场个人演唱会，机会难得，各位首长都等着去看呢。"

"今天周三吧？"

"是周三，司令员。"

"你问过文工团么？有人见过柳莺么？排练了么？"

"司令员，我问过好几次了，问了他们团长，团长也正蒙着呢。我也跟其他人打听了，名义上是解放军文工团组织的演出，但根本没人见过柳莺，没有排练，也没有演出任务。当然了，让他们保密，不让说出去。"

"搞什么名堂嘛！对了，杜辛仕呢？他在哪儿呢？"

"我还真问了，江西，前两天在井冈山老区慰问演出呢，这两天不知道，要不要我再问问？"

"不用了，随他去吧。"葛涞广摆了摆手。

"据说没看出悲痛来，也没看出异常，感觉杜辛仕还不知道柳莺出事了。"秘书又赶忙补充了一句。

其实很多人都在打探这场演出的消息。这次独唱音乐会提前三周才放出风来，又一直不见柳莺的踪影，每次有人问文工团关于演出的消息，团里的人都是一问三不知，越是这样大家越是觉得神秘，越是期待，越是不想错过。这是心里没鬼的人的想法，葛涞广就完全不同了。

秘书离开后，盯着门票上柳莺的脸，葛涞广陷入的沉思。

柳莺如果没死，这么长时间没有任何消息，一定是被抓了，如果查出贪腐的线索却没人找自己了解情况，这本身就不正常，而且他们还会让柳莺再公开登台演出么？不可能，不可能，绝对不可能。

不然，难道是柳莺已死，二局设了一计么？什么计呢？空城计？鸿门宴？三宣韩信？借尸还魂？

葛涞广一向认为火箭军的平均学历要高于其他军兵种，自己作为火箭军司令员，虽然军衔不能比别人再高了，但智商还是要比别人高出一截的。现在，他忽然感觉自己的智力不够用了。

如果自己真的被二局暗中盯上了，那么自己现在就是在和二局斗法，但二局的招数完全看不懂，甚至看不出有什么招数，完全是南辕北辙，胡乱拼凑，抬出死人来吓唬自己，到时候没法收场的也是二局啊。乱拳打死老师傅的办法在自己这里可是行不通的，只要自己步步为营，就一定能固若金汤。

摆在眼下的是一个最简单也最现实的问题，周六的演出到底去不去看？去吧，恐其中有诈，羊入虎口，不去吧，怕被认为做贼心虚，授人以柄。

想着想着，葛涞广暗自窃笑起来。他忽然感慨自己大约是老了，变得犹豫了，优柔寡断了，自己一直都是一个善于观察和判断形势，当机立断的人。还有什么好犹豫的啊？去！当然要去了！自己倒要看看二局的葫芦里面装的是什么药。

事情发展到今天，其实葛涞广的内心多少有一点点后悔。当初自己喜欢上了柳莺的嗓子，喜欢上了柳莺的样子，特别是喜欢柳莺身上的那股劲头。自己是个理科生，很难找到合适的词去形容那种劲头，但自己就是喜欢，有灵性，有韧劲，有些像年轻时的自己。后来自己陷进去了，不能自拔了，当然了，如果不是自己的位置、权势和手段，柳莺未必会屈服，未必会跟着自己。现在回过头去看，的确有些荒唐，否则也许就不用遇到目前的窘境了。但世间没有也许，只有因果循环。

葛涞广的专车刚刚停稳，就有工作人员过来为他开车门。还是他的警卫员训练有素，抢先下车拦住了工作人员，警惕地看了看四周的环境和人员，确认安全后才为首长打开了车门。

葛涞广下车后特意扫视了一遍，贵宾上、下车区和贵宾停车场还挺热闹，看这些车的牌照就能知道，今天的场面不小。

马上有另外的工作人员上来打招呼，引导葛涞广和警卫员从贵宾通道进入剧场里面。葛涞广下意识地摸了一下自己的配枪，他也说不清为什么，自己今天特别想带着配枪，在心里斗争了半天，虽然觉得完全没有必要，但最终还是鬼使神差地把配枪别在了腰间。

见自己右边的座位还空着，葛涞广开始和坐在自己左侧的海军司令员东一句西一句地搭讪起来。不一会儿，总参二局的郝局长来了，并且还坐在了葛涞广旁边，使得葛涞广心头一紧。两个人刚刚打过招呼，演出就开始了，倒是也避免了无话可谈的尴尬。

报幕员宣布,今天的独唱音乐会由解放军文工团首席独唱演员、特级演员柳莺和中国残疾人联合会爱乐乐团联袂演出,门票收入将全部捐赠给残联,演出结束后观众还可以到设在通道的募捐处捐款献爱心。

剧场里的灯光暗了下来。葛涞广偷偷瞟了一眼身旁的郝局长,郝局长伸着脖子,正神情专注地用期待的目光望向台口,似乎是在盼望着心中的明星出场,生怕错过了什么细节。

出场的果然是柳莺,出场的竟然是柳莺,出场的居然是柳莺。柳莺真的没死,怎么可能?为什么自己一点异常都没有察觉?葛涞广感到一阵眩晕,他想站起来离开,却被郝局长一把拉住。

"葛司令员,你站起来会挡住后面的观众,柳莺的歌迷可是要骂娘的。"郝局长笑眯眯的,在葛涞广看来这不是笑,这简直就是不怀好意,是邪恶。

葛涞广知道,今天柳莺来了,自己便走不掉了。

柳莺出场后向观众致意，目光扫过葛涞广时，葛涞广感觉到了柳莺目光里的蔑视、鄙视和无视，这是葛涞广从来没见过的，也让他难以接受。

舞台上的柳莺还是那么的光彩照人，军中百灵鸟的称号果然名不虚传，也确实当之无愧。葛涞广感到有些恍惚了，他不知道自己是在现实当中，还是在梦境里面，要么柳莺是鬼，要么自己不是人。

这场演出是邱添和柳莺一起从阿斯塔纳回北京的路上就说好了的。

在二局安排的商业包机上，柳莺和邱添已经几乎无话不谈了。前半程她哭的时间比说话的时间多，后半程说话的时间比哭的时间长。邱添说话不太多，大多数时间只是搂着柳莺的肩，让柳莺哭个痛快，说个明白。柳莺再次要认邱添作亲妹妹，邱添明确地答应了。

飞机接近北京后，柳莺开始紧张起来，用手去摸邱添的大腿。

"姐,你是不是找我的枪呢?这会儿我没带武器。"

"妹妹,眼看快到北京了,我害怕。你不带武器,万一我们再遇到危险怎么办?"

"你放心,我本身就是一件武器,带不带枪都没人能碰你。"邱添说着,还挥舞了一下拳头。

柳莺长叹了一口气。"妹妹,我真的很羡慕你的自信。我就是没自信,才一步一步落到这个田地的。"

"至少在舞台上你是非常自信的。"

"说实话,我都不确定站在台上的那个人是不是我。"

"姐,你听我的,你离开葛涞广,回到你们家大肚肚身边,你就能找回自己,找回自信,找回你的生活。"

"葛涞广能放过我么?我还能回到过去么?"

"葛涞广不可能再骚扰你了,我可以向你保证。但能不能回到过去,那就完全靠你自己了，想回去，你就得自己争取。大肚肚一直在等你回头，但他不会主动来找你。这是他亲口告诉我的，我信他的话。"

"妹妹，我要是早几年认识你就好了。虽然这一路上你说话总是戳我的痛处，但我知道你是真心的为我好。这年月，人都没有真心了，没人说真话。"

"我挺理解你的，别看你在台上光鲜，但其实你从小就挺苦的，幼年丧母，你爸爸又特别重男轻女。我虽然是遗腹子，但和你比，我算幸福的了。"

"这么说的话，还是我比你幸福，至少我生下来的时候父母双全。"

"姐，今天咱俩比惨一定要有人赢么？"

这下子倒把柳莺都笑了，难得笑得很开心，但很快就又止住了笑容。"无论如何，以后我都不能再登台了，只能自己唱给自己听了，如果运气好，还能唱给大肚肚听，他最喜欢听我唱歌了，一听我唱歌他就傻笑，你是没看到过他的那个样子，简直傻死了。"说罢眼泪又流了出来,人也陷入了沉思。

飞机已经开始下降高度了。邱添用肩撞了一下柳莺,她才从自己的思绪中跳出来,扭头问道:"妹妹,有事?"

"姐,你还能唱歌,还能登台。我出来之前就已经请示过我们局里的领导了,领导也批准了。到了二局,你把路上跟我说过的都告诉我的同事,都说清楚了,完事我接你去见你们家大肚肚。"

"好妹妹,我会的,我答应你,能不能再唱歌放一边,我肯定会把知道的都说出来。"

"你和大肚肚要是重归于好,你就到我妈妈家住些日子,她那里特别清净,在那里你好好准备,咱开一场个人独唱音乐会,算是一切重新开始的庆祝活动吧。"

"这个我可不敢想。"

"你要是信我,你就专心准备,一个月可以么?你有信心么?咱可别砸了招牌。"

"论唱歌,我还是有信心的。"

两个人击掌约定,一个月后开个人演唱会,就在北京,在柳莺 15 岁时梦想开始的地方。

两个人谁都没有食言,柳莺说出了她知道的全部,邱添秘密接上她去见了杜辛仕,破镜重圆。邱添告诉柳莺,演唱会那天,是柳莺重新开始的日子,也是葛涞广倒台的日子,让她耐心等待。之后柳莺一直秘密住在通辽,每天健身,练声,和邱清丽闲聊,听李长春讲笑话,还去厨房学了几道菜,发自内心的笑容经常挂在脸上。

舞台上的柳莺已经唱了 18 首歌了,加上换服装和串场以及爱心宣传,两个小时过去了,葛涞广感觉自己已经快窒息了,大脑也拒绝工作了。葛涞广一直痴迷于柳莺的歌声,可是今天的歌声太折磨人了,音乐的声音也格外的刺耳,这大概是世上最折磨人的酷刑。

第 19 个节目是民歌联唱,但报幕员并没有报出歌曲的名字。观众席开始骚动起来，人们纷纷交头接耳。柳莺的歌迷都知道，这是要表演瞬间换装的招牌节目了，都在猜测着今天的曲目和服装，有的人甚至还为到底是什么曲目争论了起来。

柳莺穿着一身新疆民族服装出场，第一段自然是新疆民歌。正如观众期待的那样，随着间奏的响起，灯光突然熄灭，瞬间又亮起，站在台上的已经是身着藏族服饰的柳莺，军中百灵鸟接着唱起了藏族民歌，台下掌声雷鸣，欢呼雷动。

按柳莺个人演唱会的惯例，民歌联唱已经是最后一个节目了，台下的观众颇有意犹未尽的感觉，一直在鼓掌要求柳莺返场。不想今天的演出节目安排与过往不同，刚才的节目只是压轴，后面还有大轴，报幕员宣布最后一曲是由京胡伴奏的江南民歌"茉莉花"，这种搭配倒是从来没有听过，一下子就吊起了观众的胃口。

观众们又开始窃窃私语地议论起来。舞台上的灯光全部熄灭了，整个剧场席霎时安静了下来，大家都屏息聆听。

前奏响起,是悠扬又略带苍劲的京胡独奏,虽然全黑的舞台上看不到琴师的身影,却已经引来了台下观众的一片掌声。聚光灯追随着一身旗袍,造型极其淡雅朴素的柳莺从台口缓缓移动到舞台中央,婉转甜美的歌声和着琴声刚刚响起就被观众的掌声淹没了。

一曲终了,舞台的灯光全部亮起,歌者和琴师深情相拥良久,之后牵手双双向观众鞠躬致谢,柳莺和杜辛仕联袂演出的最后一曲堪称珠联璧合。兴奋的观众纷纷起立鼓掌,在观众经久不息的热烈掌声中,全体演职人员登台谢幕,台下也有人该谢幕了。

葛涞广显然不想接受郝局长的邀约在演出结束后直接前往二局叙谈,至少今晚他不想去。他从来都不是一名逃兵,况且他已经无路可逃,但他的确需要时间思考,也需要时间安排。

"葛司令员,你先看看这个。我是文职出身,动手动脚的事情我可干不来的,你不要难为我啊。"郝局长说笑着,把两本证件递给了葛涞广。

那两本证件是葛涞广的警卫员和司机的。葛涞广脸色不太好看,无奈只能接受郝局长的邀请,故作镇定地上了郝局长专门为他安排的车辆,车内的舒适程度倒是符合军兵种司令员的待遇,只是葛涞广看不到窗外,不知道自己要去哪里。

葛涞广被请到了一处不知名的建筑,在一个看似小会议室的房间里稍事休息,还有人贴心地送来了葛涞广在自己专车里专用的水杯,里面已经沏好了茶。和葛涞广自己的茶叶相比,这里的茶叶质量的确差了许多,不过品种倒是他平日里最喜欢喝的。

此时的葛涞广已经完全镇定了,他若无其事地在小会议室里踱着步,看看桌子,摸摸椅子,一脸的悠闲,一身的轻松,但心里一直在盘算着。

看现在的情形,只能兵来将挡,见招拆招了。就按原来想好的,不行就承认自己在处理和异性的关系上不够严谨,退一万步,最严重的情况下也只能承认自己贪腐了。自己把贪腐认下来,不要牵扯金素梅,保住了金素梅,也就是保住了自己。

葛涞广正在心里制定着战术，郝局长带着两个人进来了，依旧笑嘻嘻的。

"我来给你们介绍一下，这位是火箭军司令员葛涞广上将。"郝局长首先把葛涞广介绍给自己的同事。

站在郝局长左侧的李秉文向葛涞广敬礼："首长好！"

"葛司令员，这是我们二局侦察处处长李秉文少将。"郝局长依旧笑眯眯的，非常和善。

"李处长，你好！今天是私人时间，不用敬礼啦！"葛涞广一边还礼一边说道。

"葛司令员，这位是我们二局的副局长邱添中将。"郝局长介绍站在自己右侧的邱添。

"葛司令员好！"邱添并没有敬军礼，只是很礼貌地微笑着打招呼。

葛涞广愣了一下才想起打招呼。"噢，你好，邱副局长！"

葛涞广从来没听说过二局有这么一个人，这倒也不奇怪，二局的人员身份都是保密的，但也没听说过二局有一名这么年轻的副局长啊！她看上去也就是 30 岁的样子，却已经是中将，没穿军装，一条粗大的长辫子从脑后垂到胸前。二局的人穿便装倒是也正常，这发型可是和内务条例的要求出入太大了。邱添立刻引起了葛涞广的注意，他心中暗想：不知这是何许人也，在二局里面能够晋升这么快的人，一定是个厉害的角色，搞不好就是一个大魔头。

"我们坐下说吧！"郝局长招呼着。"葛司令员，你一直盯着邱副局长看，怎么，之前见过啊？我怎么不知道啊？"

"没见过，应该没见过。我是看邱副局长少年才俊，而且着装和发型都不符合内务条例，纯粹是出于好奇，多看了一眼。你们二局是特殊单位，不能一概而论嘛，其中必有缘由。"

"还是司令员严谨，对待规章制度的觉悟比我们高啊。不过我们也是严守纪律的，邱副局长的着装和发型也是工作需要，军委和一号首长特批的。"

葛涞广觉得郝局长话里有话，明显是在敲打自己，还想用军委和一号首长压自己一头，但他并没有继续谈论这个话题，转而问道："郝局长，这么晚了非要把我叫到二局来，有什么指示么？"

"葛司令员，咱们两个人军衔一样，可不敢说'指示'两个字啊！而且我们现在也不在二局。你和我都是柳莺的铁杆粉丝，当然是和你交流一下今天的演出啦！"

葛涞广忙摆手。"我喜欢听柳莺的歌不假，但不要听信外面那些谣言。"

"谣言终究是谣言。今天最后一个节目就是非常好的例证嘛，看看人家夫妻配合的默契程度，看看那感情表达，是吧？那可真是不羡鸳鸯不羡仙，谣言不攻自破。"

"就是嘛！"葛涞广拿起自己的杯子，又放到了桌子上。"有些人啊，阴暗小人！总把别人往黑暗邪恶的方向想，天天无端揣测别人不说，哎，还造谣。其实说到底，天底下还是好人多，哪里来的那么多坏人啊。"

"的确是有一些躲在暗处的邪恶小人，其心可诛。"郝局长又把话题拉回到演出上。"葛司令员，今天的节目，你觉得哪个最精彩啊？我一直都喜欢看那个联唱的，就那么'刷'的一下，永远不知道后面会变成什么样子。这人啊，都会变的。有的人善变，越变越好，当然啦，也有的人善变，越变越坏。不过话说回来，我觉得今天的最后一个节目最好看，令我耳目一新，眼界大开啊！"

"我还是最喜欢联唱的那个节目。"

"嗯，那可是柳莺的招牌节目。一个月之前她在哈萨克斯坦首都演出，这个节目迷倒了不少当地观众。邱副局长去现场看演出了，现场反应相当的热烈，当时观众不让柳莺谢幕下台，观众不走啊！"

"哦哦，是吗，那挺好！" 葛涞广的目光扫过邱添。

"怎么，葛司令员，你不知道那场演出么？盛况空前！"郝局长好奇地问。

"太忙了，没关注，没关注。"葛涞广喝了口水。

"后来柳莺的房间出事了,有人进去杀她,你听说了吧?"

葛涞广又喝了口水。"这事不知道,还有这事啊?当地治安这么差么?"

"是啊,太危险了,当时如果不是邱副局长和柳莺在一起,杀手就得手了。对了,你的秘书向文工团团长打听过这件事,怎么,秘书没汇报吗?这个秘书当的可真是够呛,瞎打听,不汇报。"

"好奇心吧,人的本性。回去我批评他。"葛涞广嘴上敷衍着,眼睛又瞟了一眼邱添。

郝局长摆了摆手。"要我说就算了,不用批评了。你的秘书非说是你让问的,还坚持说他汇报过了。我们李秉文处长越俎代庖,替你批评过他了。"

"哦,是吗,好好。没问题,该批评!"葛涞广清了清嗓子。看看杯子里的水不多了,他只咂了一小口水。

郝局长继续唠叨着。"不过要说你的那个秘书可是太脆弱了,这一点你还是要说说他的。一个大男人,秉文处长就说了他两句，他哭得一把鼻涕一把泪的，嘴还不严实，该说的不该说的都往外说，连续说了好几个小时。秘书可是个关键岗位，是有纪律要求的。"

葛涞广知道自己再继续装糊涂已经没用了。

"郝局长，你请我来，不是为了说我的秘书吧。"

"不是说你的秘书。是想说演出来着。"

李秉文插了一句："局长，演出刚才说过了。"

郝局长看了看李秉文，又看了看葛涞广。"说过了么？哦，好吧，那不说演出了，说说柳莺吧。邱副局长原来也在解放军文工团，说起来和柳莺还是一个团的战友呢，她们两个可是无话不谈啊。对了，葛司令员跟柳莺也挺熟吧。"

"刚才都说过了嘛，谣言，都是谣言。我是很喜欢这个演员的，也见过几次，仅此而已。"

邱添接过了话："谣言止于智者，葛司令员是智者吧。我倒是有个问题啊，你既然喜欢柳莺，哦，这个演员，也有些交往，为什么要找杀手杀了她呢？"

葛涞广立刻瞪起了眼，也提高了声调。"邱副局长，你知道你在说什么吗？你是说我要杀柳莺么？我葛涞广是谁啊？我会去杀人么？我要杀人也是用导弹去杀敌人！"

"葛司令员的身体真好，嗓音也亮，说话比我们的底气都足。"李秉文把几张照片放到葛涞广面前。"我估计您的眼肯定也不花，您看看，照片里的人您认识么？"

葛涞广拿起照片逐一查看。酒店房间，死者全身照，死者的面部照，死者头部两个弹孔，地毯上的血迹，一瓶经"典基安蒂"很眼熟，女式手包很眼熟，披肩也眼熟，首饰也眼熟，鞋也眼熟。

葛涞广放下了照片。"不认识。"这句倒是实话，他的确不认识那个杀手。

"这就是去杀柳莺的杀手，阿尔巴尼亚人。"李秉文补充道。

"和我有什么关系？"

"人，钱，动机，这三条写在一张纸上，做一个简单的连连看游戏，就都清楚了。买凶杀人，直接指向葛司令员。"李秉文解释道。

"笑话，污蔑，诽谤。证据呢？"

"我们有资金流动的证据，有人员接触的证据，有人证，有口供。"李秉文拿回了照片。

葛涞广哈哈大笑，对郝局长说："郝局长，你们不要拿杀人来恐吓我，逼我就范。既然你们想让我承认，那我就大大方方地承认了吧，我一时糊涂，抵挡不住诱惑，和柳莺的关系有些不太严谨，但这属于生活作风问题，不归你们二局管。回去我就向党委说清楚，请求处分。我都承认了，现在我可以走了吧？"

郝局长也笑了，没有葛涞广笑的声音大，算是冷笑吧。"葛司令员说得对，生活作风问题的确不归二局管，但你心里应该清楚,什么样的案子归二局管。如果只是买凶杀人,我们都不会插手的。既然来了,就别着急走,搞清楚了,我们会送你去应该去的地方。"

"什么意思?你们还想逮捕我么?"

"我们二局就没有逮捕这个说法。"李秉文语气冷淡地继续说道:"不过葛司令员,您的配枪先交给我暂时保管一下吧。杀手的照片您刚才看了,邱副局长手太快,还专打眉心,我怕万一有误会,我们谁都拦不住她。"

"我要给军委打电话!"葛涞广站了起来,从衣袋里掏出电话,但发现手机没有信号。

郝局长挥手示意他坐下。"就算你打电话,你觉得军委会有人接你的电话么?还是坐下吧。"

葛涞广沉吟了片刻,还是把自己的配枪交给了李秉文,接着又提出了一个要求。"我用一下你们的电话,我要给家里打个电话,给我的夫人。"

郝局长看了看葛涞广，说道："有更方便的办法。今天你是早上出的门，金素梅不到中午就被请到我们二局了，有事可你以和李处长说，让李处长亲自传话，秉文记忆力特别好，保证一个字都错不了。对了，金素梅刚到我们这里的时候也要求见你呢，就是不肯说找你什么事，估计也没有着急的事情吧，这不，一下午他们聊得都挺热闹，一直也没再提要找你的事。"

葛涞广刚要张口，郝局长伸手示意他不要说话。"葛司令员，你放心，你家里的花花草草都有人照顾。还有什么要求，尽管提，只要不违反规定的，我们都会认真考虑，积极办理。"

"你们到底要干什么？这算什么？你们把我，我夫人，秘书，警卫员，司机全扣留了，还私自进入我的家？你们要干什么？"

李秉文依旧态度冷淡。"不止这些，我们还扣留了别人，进了别人的家和经营场所。我们二局是战区级单位，不缺人手。"

见葛涞广一直沉默不语，郝局长先打破了僵局。"葛司令员，我们二局一个局长，一个副局长，一个处长，三个将军陪着你坐在会议室里面，是对你的充分尊重，算是对你很客气，很照顾了，你可别错过了我们的好意。咱们把话说透了吧，男女关系，贪腐这些我们都不感兴趣。你也知道，二局是专职搞军事情报的，我们感兴趣的是间谍和情报。再让我说，就不算你自己主动交代了，会影响对你的处理。"

"你们这是在构陷我，你们没有证据，别拿这些大话唬我。"

这次郝局长的笑声爽朗多了。"葛司令员，这件事情不能侥幸，不能赌博，也不要意气用事。证据链不完整的情况下我们就贸然惊动你，你觉得是咱们谁的智商有问题了？你可以质疑我们的智商，但最好不要怀疑二局的专业性。"

葛涞广面无表情，郝局长继续说道，但语速却越来越快："我帮你复盘一下。你不应该去杀柳莺，人没杀成，倒成了我们的突破口。我再帮你梳理一下，供你参考。二局有个破译处，小二百号人还搞不定你的十几条短信么？你怎么接受指令的？你怎么把情报传递出去的？金素梅充当了什么角色？你和金素梅周围的那些人都帮你干了什么？你的代号是什么？"

葛涞广的代号是"编钟"，他自己交代说就是那种古代乐器编钟。

葛涞广还交代，他接收美国指令和向美国传递情报是分开的。金素梅的一个打牌的姐妹把指令传递给金素梅，她再把指令传递给葛涞广，至于是谁给那个姐妹下的指令就不知道了。而向美国传递情报的时候，都是葛涞广把情报带到会所，交给一个做美国粮食大豆进口的宋老板，情报最终会传到五角大楼。

葛涞广除了依仗权势霸占了柳莺，还利用柳莺代替自己向五角大楼发送紧急加密情报。由于情报发送采用点对点方式，一旦暴露，会先查到柳莺，葛涞广还有时间周旋。紧急情报都是加密的，发后即毁又数量很少，近几年一直没有被注意到。

虽然挖出了"编钟"，但仍没有找到"秒表"，情况比二局预想的要复杂。

选择柳莺作为突破口非常奏效，葛涞广被打了个措手不及，很快就全部交代了。他以为自己的一切都结束了，但没想到的是，郝局长提出让他和金素梅回家，葛涞广继续担任火箭军司令员，条件是今后他给美国国防部提供情报的内容和时机完全由二局决定，也就是成为二局的情报人员，双面间谍。

二局讨论对葛涞广和张卫恒收网时，邱添提出让柳莺留在文工团继续演出，同时提出把葛涞广和张卫恒两个人都发展成双面间谍，这样还可以同时保护美国五角大楼信息来源。

"柳莺可以。但双面间谍的想法不行，特别是这个葛涞广，这可不行！葛涞广的位置过于关键和敏感，后期对葛涞广的管理和操作风险也很大，容易失控。"关栋天第一时间就否决了。

郝局长感慨道："火箭军内部都漏成筛子了，高层都是这个样子，这样的部队怎么打仗啊，能打仗么？"

"这正说明火箭军的重要性，才使得火箭军成了敌人渗透的重点单位。我们的工作也的确是很被动，敌人不动，内奸不动，我们就很难发现啊，最后发现了，损失也早已经造成了。"关栋天说道。

没想到一天之后关栋天又同意了关于发展葛涞广为双面间谍的计划，报请中央军委后也得到了批准，发展张卫恒作双面间谍的计划也同时被批准。

为此邱添专程去了广州。但是张卫恒的代号是"银桦"，他也不是秒表。

高辅臣还是天天打太极，沈旺祖仍在到处放狠话，到底是他们两个人中有一个人是"秒表"，还是"秒表"另有其人，暂时没有答案。

第六章　和总统们的密谈

　　二局调查了林雨霏的背景和社会关系，除了从深圳的互联网公司突然离职的原因不明之外，倒是没有其他疑点。据张卫恒交代，他自己也不清楚林雨霏为什么突然离职，林雨霏似乎不太愿意讲，他也就没有追问。邱添决定趁着在广州出差的机会去见一趟林雨霏。

　　邱添先环视了一遍店内的环境和布局。早上九点钟，咖啡馆还没有开始营业，林雨霏一个人在做营业前的准备工作，看到有客人进来，赶忙放下手里的事情过来打招呼。

　　"你好！我们还没开始营业，我还在做准备，你可以先坐一下看看书什么的，我马上就回来。"

　　"林雨霏吧，你好！我是张主任的同事，单位的保卫干事，我叫邱添。你叫我小邱或者邱干事都可以的。"

"噢噢，你好，邱干事！没听老张说你要来，你找我有什么事情么？"

"张主任向单位打了报告，你们两个人已经确立了恋爱关系，我是按照单位规定来做外调的。"

"哦，这样啊。需要我做什么，我配合你们。"大概是不完全确定邱添的意图，林雨霏的语气显得有些犹豫。

"也没有什么太特别的。张主任在单位的工作岗位很重要，保密要求也高，对他的社会关系，我们都需要详细了解背景和经历。你和张主任又是特殊关系，我们也要了解一下。"

"明白了。需要了解什么，你就问吧。"林雨霏的态度很配合。

"谢谢你的配合。说实话，其他的情况，包括你父母的情况，我们都了解过了，现在只有一个问题，就是你从深圳那家公司辞职的原因。据我们了解，你在那家公司干得挺好的，为什么突然辞职了呢？我们走访过那家公司，他们也不太愿意介绍当时你在职的情况,有些抵触,所以过来当面问问你本人。"

邱添注意到,自己的话还没有说完,刚刚提到辞职的时候,林雨霏的情绪就已经不对了。邱添说完,林雨霏陷入了沉默,眼眶也红了,默默地摆弄着手里的杯子。

"是不是有什么不方便讲的?如果是的话,我再继续追问会有些不近人情,但我们的工作又要求我们必须把事情搞清楚。我只能保证我们会对你的情况绝对保密。"

林雨霏仍然在摆弄着手里的杯子,良久,她突然抬起头来。"我本来也是要和张卫恒进说的,一直没有勇气,可能就是怕失去他吧。现在正好,我都说出来吧。"

林雨霏在总部位于深圳的那家互联网公司的确表现出众,很快升职到了中层岗位。一次和老板出差时被老板在饮料里面下了药,之后被老板强奸了。后来她才知道,她不是第一个和老板出差的女同事,也不是第一个被老板迷奸的。

"非常抱歉，让你回忆痛苦的往事。事后你没有选择报警？"邱添小心翼翼地问。

"没什么，都过去了。我没有报警，那个人采取了预防措施，没有物证，没证据，没有DNA，你懂吧。报警也没用的，据说前面有人报警，也是因为没有证据，最后都是不了了之，那简直就是二次伤害！"

"伤害你的人是罗化强么？公司的董事长兼总经理？"

"就是他。"

"谢谢你能把这些告诉我。我们部队不能介入地方警务，现在我不能帮你做什么。但是如果有一天你和张主任结婚了，那你就是军属了，到时候要是你和张主任同意报案，我一定帮你讨回公道。正义是永远不会缺席的。"

离开"雨霏的小屋"后，邱添给郝局长打电话请示，要不要向罗化强当面核实林雨霏提供的情况。

"不能只听林雨霏的一面之词，要核实的，只是这种情况罗化强不一定配合你啊。"郝局长同意了。

十分钟后，郝局长突然又打电话过来。"哈哈哈！好啊，邱添！我说这么点小事你为什么要问我呢？你不是一直都是贼大胆么，怎么现在还学会滑头了？"

邱添也笑了。"局长，您的反射弧是不是休眠了啊！我是被关主任骂怕了，他又不会骂您，您可真是够小气的！"

"少来这套！我告诉你啊，你去深圳找罗化强可以，我可不给你背锅，你自己掌握好分寸。"

二局华南处在深圳的人员报告说罗化强出差了，带着一名女同事，也就是市场部副经理去了昆明，邱添便直接返回了北京。

四天之后，罗化强回到深圳，向公安局自首了，交代了自己历年先后迷奸 27 名女性的犯罪行为。罗化强被批捕，公安机关发布公告，希望受害者能够联系公安机关提供证据。

邱添接到一个电话，对方直接问道："邱小姐，罗化强已经自首了，我手上有我们和他谈话的录像，你要不要看一下他的表演？"

"表演精彩么，石大导演？"邱添问道。

"不算很精彩，是他自己一直在说话。我们是怕他会反悔，才留了这段录像的。"

"如果不精彩，我就不看了。罗化强没受伤吧？"邱添在电话里问道。

"邱小姐，我们很专业的，à la carte，受伤或者不受伤都是可以选的。你点的餐是不要受伤，我们就照着上菜啦，不过我们说的可都是外伤啊，不要说我们的菜不好！"

"我怎么谢你，石先生？"

"给邱小姐帮个小忙，没所谓，交个朋友啦！"石斑鱼答道。

张卫恒给高辅臣送来了三份文件，其中一份特殊文件是用来验证高辅臣的。十天之后美国传回消息，没有收到这份特殊文件，于是二局停止了对高辅臣的特殊监控，只保留了对他和他的社会关系的常规监控。

阿利谢·托托克耶夫斯基真的当选了俄罗斯总统。

一位既反华又反西方的总统让西方国家很头疼，中国也在观察着他的言行。

出乎所有人意料的是，竞选的时候他曾经主张自己一旦当选便对中国开战夺回土地，但上台后却让外交部长主动联系中国，表达访问中国的意愿。

中方不太确定他是想同中国缓和关系，还是来摸底中国对他的态度，但接触总比抵触好，双方很快就商定了托托克耶夫斯基访华的行程，中方也向俄方通报了高规格接待的具体安排。

托托克耶夫斯基当选总统后的第一次出国访问顺利成行，会谈中他表达了和中国改善关系并加强经贸及制造业合作的愿望，中方当场给予积极回应。中国国家主席会见托托克耶夫斯基的当天,中国还从乌拉尔山一线撤走了 50 万边防兵力和部分重型装备以表达善意。

会谈结束的时候,托托克耶夫斯基私下里向主席提出了一个奇怪的要求,他想在自己下榻的酒店见一下"邱小姐"。

再次见到邱添,托托克耶夫斯基看上去很开心的样子。"邱小姐,你看,我已经接受了你的建议。上次见面后我觉得你的建议很好,我现在说话很简洁,每次都是直接表达我的意思,没有其他的。你注意到我此前的一些公开讲话了么?每次都是这样的,很简洁,别人可以一下子明白我要说的。"

"祝贺你,总统先生。不过还是老规矩,先检查一下。"

"你要检查我么?你要检查俄罗斯总统么?你这样太过分了,你觉得我会同意么?"

"总统先生,我有我的原则。"

"邱小姐,你知道吗,当总统之前和当总统之后所能掌握的信息是完全不一样的。我当总统之后才知道，你对俄罗斯做过很多事情，都是很敌对的事情，你还参加过侵略俄罗斯的战争，当时你就在前线。"托托克耶夫斯基扬起双臂让邱添检查，但并没有耽误他嘴里唠唠叨叨。

邱添停下了手。"我必须打断你一下，阿利谢，俄罗斯对中国的行为是侵略，我们只是被迫自卫反击。所有的事情都是你们先挑起来的。"

"随你怎么说，邱小姐。看看吧，你都对俄罗斯做过什么啊？我真应该让人把你抓起来，抓回俄罗斯去，或者干脆把你杀掉，不管在哪里。"

"想抓我或者想杀我的人有两类。一类人只是想但没有付出行动，就像现在的你一样，但他们还活着，也像现在的你一样。第二类人付出行动了，他们都死了。"

托托克耶夫斯基又是一阵狂野的笑。"邱小姐，所以我才想见你，想和你合作。"

"如果需要合作，你应该通过两个国家之间的正常渠道联系。你现在是俄罗斯总统,这样私下里找我,我不可能以私人的身份为你做任何事情。"

"我找你肯定是和情报有关系的事情,但我不知道你们的机构里面谁可以相信,对我们自己的机构也是一样的,没办法。我想你是可以想象甚至理解的,我并不是要冒犯或者攻击你们的机构,没有哪个国家的情报机构的所有人都是完全可靠的。"

"你也不应该相信我。"邱添说道。

"我的确不相信你,我只是需要你的能力。我发现了一件有意思的事情,你是很多国家的公敌,好几个国家,当然还有俄罗斯,大家都想杀你,所以你不会是叛徒,你不会背叛你的国家,这就是为什么我要找你。我需要一个不会背叛诺言的人。"

"我洗耳恭听。"

"我想让你帮我找到一个人,然后交给我。"

"如果他或者她有名字的话。"

"阿历克塞·列昂尼德。" 托托克耶夫斯基盯着邱添的眼睛。

"我们说的是同一个阿历克塞·列昂尼德么？"邱添问道。

"是的。"

阿历克塞·列昂尼德所领导的政党是议会的第三大党，同时也是托托克耶夫斯基政治上的死对头，几乎所有主张都针对托托克耶夫斯基，还喜欢通过媒体爆托托克耶夫斯基的黑材料。在托托克耶夫斯基总统选举胜选的当天列昂尼德就暂时离开了俄罗斯。

"你自己的人可以找到他的，你们有这个能力。或者你可以找你的西方朋友，也许他们愿意帮忙。"

"我不能亲自去搞我的政敌，这太不聪明了。我宣布访问中国后，有些国家就想趁我刚刚上任，利用列昂尼德搞颜色革命，把我赶下台。这就是为什么我要找到他，而且需要你找到他。我下台对中国没有好处。"

"你说过,你当总统后就会和中国开战。"邱添提醒道。

托托克耶夫斯基点点头。"是的,我没有放弃这个念头。我在研究中国历史,有个吴国和越国,开始吴国赢了,后来越国赢了。我领导的俄罗斯要做越国,我们要先强大起来,这就是为什么我来访问中国,要跟你们合作,我从不隐瞒我的想法。"

"对我们来说,谁当俄罗斯总统都无所谓的。而且,阿利谢,我们把列昂尼德交给你,然后你告诉全世界是我们干的,还是算了吧。"

"这完全有可能。好吧,既然没能说服你,那太遗憾了。"说着,托托克耶夫斯基把一个包装精美的小盒子放到了邱添面前。"在我们结束谈话之前,我送你一件礼物,希望你看到后能够改变主意。"

邱添拆掉包装纸打开盒子,里面是一块黄金外壳的秒表。邱添虽然只是在摆弄秒表并没有表现出任何态度,但心里还是很惊讶的。她不知道俄罗斯人是怎么知道

"秒表"的，也不知道"秒表"和俄罗斯人有什么关系，又是为什么俄罗斯人愿意用"秒表"交换列昂尼德。还有个更严重的问题，阿利谢是怎么知道二局在找"秒表"的？难道二局被俄罗斯人渗透了？

"阿利谢，这块秒表很贵吧？是我心里想的那块秒表么？"

"是的，邱小姐，是你心里想的那块秒表。"托托克耶夫斯基显得有点得意。

"阿利谢，你没有完全打动我。但如果你可以先把秒表交给我的话，我会考虑。"

托托克耶夫斯基又是一阵狂野的笑，接着指了指邱添手中的黄金秒表，说道："邱小姐，你手中的这块秒表是我送给你的礼物，请收下。但你心里想的那块秒表需要通过列昂尼德才能得到。"

"我怎么联系你，阿利谢？"

托托克耶夫斯基又递给邱添一部手机。

"手机里面有你需要的资料，无论如何我都不介意分享列昂尼德的资料给任何人。"阿利谢·托托克耶夫斯基接着问道："邱小姐，我请你喝一杯酒好么？"

"谢谢！我从不喝酒。"

"晚饭怎么样？"

"比起晚饭，我更喜欢能够抓在手里面的东西。"邱添晃了晃手中的黄金秒表，起身告辞了。

回到二局，邱添把黄金秒表和手机留在了技术处做检查，之后便去找郝局长汇报。

郝局长思索了片刻，说道："现在我只对一个问题感兴趣，俄罗斯人怎么知道我们在找'秒表'的？看样子这个列昂尼德对托托克耶夫斯基非常重要，他是想要用两个人换一个人啊！"

邱添和夏晓宇一直都是聚少离多，但具体情况还是有些变化的，两个人也在摸索适合目前情况的相处方式。

邱添被任命为二局副局长之前，用夏晓宇的话说，一直神出鬼没，经常突然失踪一段时间，又突然出现，失踪的时候肯定失联，但回来后会有一小段时间不出差，白天再忙，基本上每天晚上都是回家的。现在的邱添，还是用夏晓宇的话说，也是神出鬼没，倒是很少出任务，但经常突然就走了，又突然回来，回家常常是凌晨了，甚至有时候没出差却不回家来，总之非常没有规律。

只要不出差，或者不是连夜工作，无论多晚邱添都会赶回家，周末只要没有紧急的事情，她都会和夏晓宇在一起。现在的邱添几乎没有战斗任务了，但她一直注意保持训练频率和强度，周末还会多练一个小时的体能，以保持自己的状态。

安老师一直盼着小两口早点有孩子，趁着自己和老夏身体还好，能帮着带带孩子，她问了夏晓宇几次，也一直没有动静。

邱添说周六和夏晓宇去给一个姐姐过生日，但神神秘秘地不说是谁。到了京郊的一处四合院，直到见到柳莺本人，夏晓宇才明白邱添所说的这位夏晓宇认识但没见过的姐姐是谁。

列昂尼德离开俄罗斯之后秘密去了芬兰，在芬兰期间列昂尼德脱离了公众视线一段时间，但实际上他反倒更加忙碌了。他先后秘密会见了美国人，英国人和法国人，商谈了针对阿利谢·托托克耶夫斯基的一系列活动的安排。直到作为俄罗斯总统的托托克耶夫斯基计划访问中国的消息被披露出来，美国决定启用列昂尼德这张牌来制衡托托克耶夫斯基，搅乱他的节奏，如果托托克耶夫斯基继续与中国走近，则会推动颠覆托托克耶夫斯基的进程。

列昂尼德以为自己的行程安排非常隐秘，但不想已经被托托克耶夫斯基完全掌握，这也是后者想把列昂尼德秘密弄回俄罗斯的原因，毕竟人被控制在俄罗斯境内，就可以有一万种方法对付列昂尼德了，托托克耶夫斯基作为总统，还是有着其他人无可比拟的便利的。

和西方国家谈妥条件之后的列昂尼德突然活跃了起来，他离开了芬兰，一段时间内四处游走造势，足迹几乎踏遍了欧美大地，同时也遥控着俄罗斯境内的一系列抗议示威和媒体宣传活动，但并没有短期内回到俄罗斯的打算。

列昂尼德最新出现的位置在吉尔吉斯斯坦，他要在那里会见多个非政府组织，这些机构将向他提供政治捐款和网络舆论的支持，以便助力列昂尼德的活动，这样的机会绝不容错过，亲自跑一趟是绝对必要的。

晚上十一点多了，最后一批客人刚刚离开比什凯克郊外的一处别墅，列昂尼德给自己倒了一杯金酒。他走出别墅，站在廊檐下一边小口地咂着杯中的烈酒，一边在脑海中回顾着今天的成果。

列昂尼德今年六十五岁，三年前，比他小十四岁的第五任妻子离世，自那之后他先后有过五六个女朋友，但和每个人的相处时间都不长。他很渴望能够放下手上的这一切安静地去享受生活，找几个女伴，养一条狗和两只猫，最好是住在乡下，再修一个大一点的游泳池，虽然他自己不游泳，但他喜欢看自己的女伴游泳，不穿游泳衣的那种。

当然他也知道这些都是不可能的，至少现在不行。一旦走上了政治的这条路，就不可能停下来了，即便自己想退出，背后的各种势力也断然不会允许的。能像现在这样站在屋前的廊檐下独处一会儿，已经实属不易了。当然，每每想到明天，想到不久的将来有一天自己能够登上权力的巅峰，安静的生活也许可以再等一等，自己还是可以牺牲一些个人生活和个人利益的。

列昂尼德看了看天，又看了看手表，把杯中所剩的酒一饮而尽，拎着酒杯回到了别墅里面。现在还不能喝太多，等一下还要饮酒助兴呢，十一点半的时候会有人送四个女孩过来，到时候有还很多事情要忙呢。

十一点半的时候，别墅院子里传来了汽车的声音，列昂尼德知道，演出开始了，他不知道的是，演员已经换了。进来的人并不是列昂尼德所要求的四名妙龄女郎，而是五名蒙面人。

"糟糕！"列昂尼德在心里暗暗地喊了一声。

蒙面人已经解决了别墅院子里的四名保镖，屋内仅有的两名保镖刚刚反应过来便被来人放倒了。

来人也不说话，给列昂尼德带上头套，架起他便往外走，但还没来得及把他塞进停在院内的汽车里，这一伙人便遭到了突然袭击，五个蒙面人中有三人中弹倒下，另外两名蒙面人把列昂尼德按倒在汽车后面，用汽车做掩体进行还击，不过抵抗没有持续多久，这两名蒙面人也被击毙，第二波袭击别墅的三个人朝着列昂尼德藏身躲避子弹的汽车后面围了过来。

"你们是什么人？你们想干什么？"刚刚被摘下头套，列昂尼德就迫不及待地想搞清楚自己到底面对的是怎样的情况。

"我们是来帮助你的，你没有感觉到危险么？"二局作战处派出了一科的两个作战小组前往比什凯克联合执行任务，吴云海是这次行动的现场指挥员。

"你们通过绑架我来帮助我，不是让我的处境更加危险了么？"看见院子里要绑架自己的三个人，又想想刚才的五个蒙面人，列昂尼德更加困惑了，他不知道绑架自己的这两批人的身份和目的，更无法预测自己的命运。

吴云海并没有回答列昂尼德，转而对战友们说道："三号，给他一件防弹衣。二号备车。全体检查武器，准备出发。"

虽然一个字都听不懂，但列昂尼德能够听出来这是中文。"你们是中国人？为什么要绑架我？你们要把我怎么样？"

三号给列昂尼德套好防弹衣，吴云海让列昂尼德过来一起查看尸体。随着五个蒙面人的面罩被逐一揭开，惊魂未定的列昂尼德按耐着心中的恐惧，指着地上的一具尸体说道："这个人我认识，他是托托克耶夫斯基的副卫队长。"说罢还非常气愤地用自己的手机给尸体拍了照。

"知道为什么我刚才说我们是来帮助你的了吧？如果不是我们及时赶到，你很快就会回到你的祖国了。"吴云海对列昂尼德说道。

"现在呢？现在怎么办？你们要把我带到哪里去？"

"安全的地方。走吧。"吴云海说罢朝队友挥了一下手，四个人一起上了车，沿着公路向北开去，中途开进了路东侧的一处仓库，那里已经有人在等着他们了。

见到仓库里面还有另外三个人，列昂尼德再次紧张起来，他迫不及待地问道："你们都是中国人吧？你们要把我弄到哪里去？你们要对我做什么？"

吴云海对列昂尼德说道："我们是中国人。你别紧张，我们是来帮你的，不是来伤害你的。你先听一段录音，去哪里你自己决定，我们会协助你，为你提供临时的安全保障。"

录音的内容非常清晰，是一个男人的声音。"我想让你帮我找到一个人，然后交给我。"

列昂尼德离开抬手示意，并说道："停，停一下。这个声音好熟悉啊！"

"再听一下，你会明白的。"吴云海说道。

列昂尼德屏息听着，录音里传来一个女声。"如果他或者她有名字的话。"

"阿历克塞·列昂尼德。"

"我们说的是同一个阿历克塞·列昂尼德么？"

"是的。"

"你自己的人可以找到他的，你们有这个能力。或者你可以找你的西方朋友，也许他们愿意帮忙。"

"我不能亲自去搞我的政敌，这太不聪明了。我宣布访问中国后，有些国家就想趁我刚刚上任，利用列昂尼德搞颜色革命，把我赶下台。这就是为什么我要找到他，而且需要你找到他。我下台对中国没有好处。"

"你说过，你当总统后就会和中国开战。"

"是的，我没有放弃这个念头。我在研究中国历史，有个吴国和越国，开始吴国赢了，后来越国赢了。我领导的俄罗斯要做越国，我们要先强大起来，这就是为什么我来访问中国，要跟你们合作，我从不隐瞒我的想法。"

"对我们来说，谁当俄罗斯总统都无所谓的。而且，阿利谢，我们把列昂尼德交给你，然后你告诉全世界是我们干的，还是算了吧。"

"这完全有可能。好吧，既然没能说服你，那太遗憾了。"

听到这里，列昂尼德的全身都在冒汗。录音里的那个男声确实是托托克耶夫斯基，但他不知道那个女声来自谁，从谈话看，肯定是中国方面的什么人。如果把要绑架自己的托托克耶夫斯基的副卫队长一伙人和这个录音联系起来，今晚发生的事情就完全合理了，这份录音的内容也是可信的。列昂尼德一边在心里盘算着，一边想着自己的对策。

"我必须尽快离开这里，我打算暂时去法国，你们有办法么？"列昂尼德想尽快脱身，但他想先试探一下。

"我们只能把你送到哈萨克斯坦，但不能送你去法国，这需要你自己想办法。你有可靠的自己人么？我们可以一直保护你，直到你的人到哈萨克斯坦来接你。"吴云海说着，递给列昂尼德一部卫星电话。

一切都安顿好之后，几个人上了一直等候在仓库场院里，由当地司机驾驶的两辆卡车，向哈萨克斯坦边境方向开去。

等候过境检查的卡车已经排起了长队，吴云海带领的两辆卡车也汇入了车流一起等待着。一直到天光大亮才终于看到了希望，车队开始缓缓地向前移动着。边检人员查验了文件和文件里面夹带的现金，象征性地检查了卡车之后便放行了。

两辆卡车进入哈萨克斯坦后，在一个加油站停了下来，一行人换乘了等在那里的一辆破旧的厢式货车继续前进。列昂尼德一直沉默着，他虽然知道这段行程的临时目的地，但却并不清楚自己未来的命运，心中不免惆怅感慨。

厢式货车径直开进了一处孤零零的农舍旁边的谷仓内。本来心情已经平复了的列昂尼德再次神经紧绷起来，谷仓的地上躺着明显受了伤的五个人，其中两个是约好来接应自己的心腹叶菲姆和维克多，另外三个没见过。再仔细观察，这三个不认识的人当中有两个似乎已经成了尸体。

谷仓内的一名年轻女子朝列昂尼德打招呼："列昂尼德先生，你是打算去英国么？但这些人显然想让你永远留在这里。"

列昂尼德忽然感觉后背发凉，他担心自己被中国人算计了，但又觉得不合理，如果这些中国人想杀自己，在吉尔吉斯斯坦，甚至在这一路上都有无数的机会，为什么一定要来这里杀自己呢？如若不是要杀自己，自己的心腹为什么成了现在的状况，而且对方还知道自己要去的不是法国，而是英国？

列昂尼德的大脑在超频运转，但他没有答案，只好直接发问："你又是谁？这到底是什么情况？你怎么知道我要去英国的？你对我的人都做了些什么？"

"他们不都是你的人吧？你最好问问叶菲姆，维克多是被要挟的。"邱添指了指地上躺着的叶菲姆。"我已经替你问过了，简单说一下，托托克耶夫斯基想在绑架你回俄罗斯之后嫁祸给中国，英国军情六处知道你想去英国后,他们想杀掉你嫁祸给托托克耶夫斯基,叶菲姆和军情六处一直保持着良好的沟通。"

列昂尼德愣了一下,接着若有所思地问邱添:"他们给我听了一段录音,录音里的那个女人不会就是你吧?"

"是的,那就是我。"

"可是英国人为什么要这样做呢?我和英国人之间也没有矛盾啊?至少近期没有。"列昂尼德不太相信自己的心腹会和军情六处勾结起来杀自己。

"英国人不喜欢托托克耶夫斯基。我再给你听一段录音吧,你就知道英国人为什么要搞掉他了。"

录音里传出来的仍然是托托克耶夫斯基的声音。"我会参加总统选举,也许你们可以考虑为我提供一些政治捐款。"

"托托克耶夫斯基先生,我们从来不为任何人提供政治捐款,选俄罗斯总统是俄罗斯人自己的事情,我们对谁能当俄罗斯总统不感兴趣。"接着是一个女声,列昂尼德看了看邱添,现在他已经能够迅速地把录音中的女声和对面的这名女子联系到一起了。

"你的态度非常不友好,显然你并没有与我合作的诚意,我很不高兴,你们会付出代价的。"

"托托克耶夫斯基先生,我有我的原则。"

"告诉你吧,我们会把无人机和设备运输到英国去并且架设好,只等着最后按一下发射按钮。你看着吧,英国人不是喜欢 007 么,我要在 0:07 的时候发动攻击。你们不担心我当上总统么?我会对中国宣战的。"

"你未必能当上总统,就算你运气好当上了总统,你也不能主宰世界。"

邱添打断了列昂尼德的思绪。"列昂尼德先生,这两段录音都送给你了,也许日后你会用上。不过我提醒你,不要把我说出去,不然你就再也不能讲话了。"

"你到底是谁?"列昂尼德非常强烈地想知道邱添的身份,既是出于好奇,更是出于恐惧。

"他们叫我'邱小姐'。如果有一天你能成为俄罗斯总统,你会在你们的情报系统里面查到我的资料。"

接着邱添递给列昂尼德一把手枪。"你自己问一下吧,也许叶菲姆愿意和你谈谈,你也有权力亲耳听到叶菲姆所讲的故事。我想你不需要我们帮你清理门户吧,否则你真的可以退休了。给你10分钟。"

在托托克耶夫斯基和邱添秘密见面后,二局商讨决定拒绝他的要求,但会暗中关注和保护列昂尼德。计划得到信工委批准后,二局责成邱添负责具体的准备和实施。而托托克耶夫斯基则派出自己的副卫队长带人进入吉尔吉斯斯坦对列昂尼德实施绑架,并准备最终编造证据,嫁祸给中国。

列昂尼德最终选择了暂时前往马来西亚。在马来西亚期间,他通过互联网公布了托托克耶夫斯基企图谋杀自己并嫁祸给中国的证据,在俄罗斯发起了一轮要求托托克耶夫斯基下台的运动。为了对形势推波助澜,列昂尼德很快再次爆出猛料,英国人也终于找到了007恐怖袭击案的幕后黑手，开始联合西方国家颠覆托托克耶夫斯基。

三个月之后，托托克耶夫斯基迫于各方压力和俄罗斯境内混乱的社会及治安秩序而黯然辞职。为了避免牢狱之灾，他选择了出走南非，两周后因突发心脏骤停在比勒陀利亚的寓所溘然辞世。

俄罗斯提前进行总统选举，人气颇高又备受同情的阿历克塞·列昂尼德顺利当选俄罗斯新的一任总统，终于登上了他梦寐以求的国内政治权利巅峰。履职半年之内列昂尼德总统首次出访，在访问了四个西方国家和一个拉美国家后，最后一站到了中国，对中国进行为期三天的访问，并对中国国家主席发出了访问俄罗斯的邀请。

列昂尼德访问期间临时要求秘密会见"邱小姐"。他和邱添私下里叙谈了近两个小时，最后邱添还是问起了"秒表"的事情。

列昂尼德拒绝透露俄罗斯是如何获悉二局正在寻找"秒表"的，对于邱添提出的俄罗斯是否在二局有卧底的这样一个非常直接了当的问题，列昂尼德也是不置可否。

"阿历克塞，能告诉我一个名字么，关于'秒表'？"邱添问道。

"添，我不能告诉你名字，很遗憾。也许你们自己可以找到他或者她。"

"托托克耶夫斯基曾经答应用你交换'秒表'的，但当时我们没有答应。这至少说明'秒表'对你们已经没有价值了。"

"添，也许你不相信我的话，但我的确不像托托克耶夫斯基那样没有底线。我可以很认真地告诉你，'秒表'仍然在为俄罗斯工作，我不能出卖为我们工作的人，虽然有的时候我身边的人会出卖我。也许有一天你能找到这块'秒表'，但那是你自己的事情，我也并不介意你会最终找到。祝你好运！"

如果列昂尼德透露的信息属实，说明"秒表"至少是俄罗斯和美国的双重间谍，甚至暂时不能排除"秒表"是多重间谍的可能性。

既然俄罗斯人知道二局在寻找"秒表",按理说应该会把这个消息通知"秒表",但"秒表"却一直没有静默,说明这个人隐藏极深,也非常自信,并不认为自己会暴露。

第七章　我不是"邱小姐"

邱添向郝局长核实到目前为止二局和信工委都有哪些人知道"秒表"代号。

"局里知道的人有政委和我，你和秉文，侦查处机要秘书孟艳玲，华南处是你安排的，只有项处长和张政委。"郝局长数了一遍。

"信工委呢？"邱添追问道。

"信工委你也信不过啊？"

"您是知道的，我谁都不信任。"

"你呀！不信任任何人是一条基本原则。原则需要坚持，但不要说出来，说出来容易得罪人。不是让你学圆滑，但你在这个位置上，要学会保护自己。懂么？"

"是，局长。"

"我问过老关了，信工委里面老关本人，老关的秘书，还有一个机要秘书田庆丰，只有这三个人知道我们在找代号是'秒表'的卧底。"

"局长，我想先找到这个人。"

"嗯，我同意。这样吧，我让秉文找这个人，你专心找'秒表'，你们同时进行。你看怎么样？"

"是，局长。"

国家主席应邀访问俄罗斯，和俄罗斯总统阿历克塞·列昂尼德会谈时，列昂尼德的话里面充满了火药味，他指责中国并没有与俄罗斯改善关系和开展合作的诚意，甚至是在欺骗俄罗斯，嘴上说一套，背后做一套。

"总统先生上任不久就成功地访问了中国，我也很快回访俄罗斯，这正说明两国都很重视双边关系的建设和发展。在发展两国友好关系和推动两国互利合作的事情上，中国一直都是非常积极的，也非常愿意和俄罗斯相向而行。"主席强调了中方的立场。

列昂尼德很不以为然。"主席先生，根据我们掌握的情况，你们正在向双方实际控制线附近调集部队和重型装备，空军和导弹部队也在重新部署。这些都是明显针对俄罗斯的,你们这样做,无非就是想给俄罗斯制造压力,强迫我们接受中国提出的条件。"

"总统先生,我并不掌握您所说的情况,我相信这不是事实。中国没有威胁俄罗斯的意愿和必要。我此次访问俄罗斯,目的就是为了推动和落实两国合作,合作需要双方都有意愿才行,强迫是行不通也走不远的。"

虽然会谈的气氛在刚开始的时候有些紧张,但后面列昂尼德主动缓和了态度,会谈进行得还是非常顺利的,最后还商定了双方探讨军事情报交流甚至合作的可能性,并且决定会见后由双方的军事情报部门具体磋商。

在确定主席出访俄罗斯的行程后火箭军总部就接到军委命令,在主席出访俄罗斯之前调动和部署部分远程打击能力,对俄罗斯形成威慑,使得俄罗斯在会谈期间提出领土要求时会有所收敛。

这只是为了寻找和测试"秒表"作出的临时特殊安排，作为火箭军司令员的葛涞广和总参谋长沈旺祖自然都参与了具体的计划和部署安排。

解放军并没有其他的调动和部署，列昂尼德同时提到陆军、重装备和空军，固然有虚张声势的意味，但恐怕也是出于保护信息来源的考虑，故意模糊和混合有效信息。如此一来，二局再次把目光聚焦在火箭军总参谋长沈旺祖的身上，但目前缺少关键证据，也无法判断沈旺祖向外传递情报的渠道或方法。

沈旺祖活动范围广，接触的人员数量多且背景复杂，即便通过大数据分析，也没有能够获取重要的线索。邱添决定改变由外向内的调查的做法，改为由内向外，先从监视沈旺祖的家开始，跟随沈旺祖的视角和行动轨迹，再次逐一排查其所接触的人员。

沈旺祖的妻子焦燕是内科医生，原来一直在贵州的部队医院，沈旺祖去医院看病时两个人认识的，后来相恋结婚，医院的同事开玩笑说两个人算是医患关系和谐的典范了。沈旺祖调到北京火箭军总部工作之后，两个人异地生活了四年之久焦燕才调入位于北京的207医院，现在已经是主任医师和内科副主任了，同时也是硕士研究生导师。

虽然丈夫是高级将领，自己也是科里的副主任，但焦燕人很低调随和，和单位的同事关系都还不错。她社交不多，生活也很规律，把主要的心思都放在了照顾沈旺祖和经营小家上。焦燕和沈旺祖感情一直都很好，但两个人一直没有孩子，养了一条狗，倒是活跃了家里的气氛。小狗刚刚被接到家里的时候，沈旺祖给狗起名叫"金刚"，焦燕觉得名字不好听，显得又傻又笨，于是提议改名叫"余庆"。沈旺祖是遵义余庆人，余庆两个字既怀乡又吉祥，沈旺祖对这个名字也很满意，从此"余庆"就成了家里的第三个人。

沈旺祖住在大院很靠里的位置，属于大院里比较清净，住户密度比较低的一个区域。凡事都有利有弊，沈旺祖的家离大门比较远，进出都要经过整个大院。

二局侦查处对沈旺祖家的监视已经持续了三周，每周例行一次分析会。邱添和李秉文都参加第三周的案情分析会，侦查处七科科长廖在先一时倍感压力巨大，他觉得局领导和处领导似乎有些督战的意味，于是和同事一起提前进行了充分准备，并且把前三周的每一个细节又都回顾总结了一遍。

在连续三周的监控中，沈旺祖的行动轨迹并没有异常，回家后沈旺祖甚至没有外出过。唯一一次引起七科侦查员注意的是 3 号晚上 10：30 的时候，沈旺祖下楼遛狗，从楼里出来时顺手把一袋垃圾丢在了楼下的垃圾箱里面，这是三周以来沈旺祖回家后仅有的一次外出，而且整个过程中没有与任何人有过接触。

"3 号晚上，也就是上周二晚上吧？"

"是，处长，上周二。"

"说说垃圾的情况吧。"

"是，处长。我们赶在环卫工人来收垃圾之前检查了沈参谋长丢的垃圾，在监控车里查看并拍照之后又放回了原处。"

廖在先示意同事把现场的照片播放到屏幕上,又接着介绍情况。"这些是垃圾的照片,两位领导审阅一下,各位同事也再仔细看一遍,看看能不能发现新的线索。噢,对了,后面还有沈参谋长遛狗的一小段视频,那会儿大院里人不多,不利于隐蔽拍摄。"

看过现场的照片和视频后,会议室里面安静了一阵子,谁都没有说话。李秉文清了清嗓子,指着屏幕说道:"垃圾里面有一张小卡片,再给我看一下。"

"是,处长。"侦查员储金声一边播放照片,一边说道。"这张是正面,这张是背面。"

"招嫖广告?也在垃圾袋内么?"李秉文问道。

"是,处长。在袋子内发现的。"

廖在先补充道:"我们也分析了,沈参谋长经常出差参加各种活动,经常在外面住酒店,偶尔被人塞一张小广告也算正常。"

"3号之前有出差么?"

"有，银川，31号刚回来。"

"曾经有过嫖娼的情况么？"

"沈参谋长还是很洁身自好的，据我们掌握，到目前还没有过。"

李秉文指着屏幕又问道："卡片背面的二维码是什么？"

"处长，我们原本以为是个卖淫者的联系方式二维码，扫描后发现是一张照片。"

"照片呢？看一下。"

见储金声没有播放照片，一直看着科长，李秉文又追问道："什么情况？照片呢？"

廖在先赶忙说道："裸照，不雅。邱副局长在，是不是不太方便啊，处长？"

"大廖，你的裸照啊？"

听李处长这样问，几个侦查员都捂着嘴趴在桌子上笑得抬不起头来。

"严肃点，开会呢！"廖在先训斥了一句，又对李秉文说道："处长，您又拿我开玩笑了，我这身材拍裸照，那也没有人看啊！"

"你又没做贼，你心虚什么？"李秉文笑道。

见廖在先点点头，储金声把招嫖广告上面的二维码生成的照片投放到了屏幕上，是一个表情魅惑、姿态妖娆的裸体女郎的照片，会议室内再次安静了下来。

这次是邱添打破了会议室内的沉默，她问道："各位，你们谁研究过招嫖广告？"

廖在先回答道："邱副局长，这种东西，正经人谁会去研究啊？正经人看见了也不会去碰，不小心拿到了也是赶快丢掉。"

"廖科长，我就研究过。"

听到邱添这么说，廖在先的脸顿时红了，赶忙解释道："邱副局长，我不是那个意思，我不是说您...，我刚才..."

李秉文哈哈大笑。"大廖，你快别描了，看你那一脑门子汗！"

邱添也笑了。"廖科长，我知道你没有别的意思。不过做咱们的工作，要保持好奇心，遇到什么都要看看，琢磨一下。李处长说得对，为了工作，只要心里没鬼，没什么好怕的。"

"是，邱副局长。"

"咱们说回这个招嫖广告，我住酒店时也经常会被人从门缝塞进来类似的东西，上面留联系方式是必然的，印上色情照片的也有不少，但是扫描二维码才能看照片的做法，我还是第一次见到。为什么不直接对嫖客进行感官刺激？"

"这个倒是没有考虑。"

"廖处长，现在假设你是一名嫖客，事后你会怎么处理这个招嫖广告？"邱添问道。

廖在先想了想，说道："这种事情是见不得光的，如果是我的话，事后我肯定把广告丢掉了，第一时间就丢到没人的地方。"

"那为什么沈旺祖，一个洁身自好的人，要把招嫖广告从银川千里迢迢带回家来再丢掉？人 31 号就回来了，为什么要留到 3 号才丢掉？"邱添又提出了新的问题。

"这个小广告对沈参谋长来说很重要，或者有着特殊的意义。"廖在先说道。

"沈旺祖不嫖娼，为什么留着这张广告，为什么又丢掉？这个广告为什么突然失去意义了？"

储金声一边在手里摆弄着笔，一边若有所思地说道："也许就是一个巧合，比如有人把小广告塞到沈参谋长的包里了，他回来才发现，就丢掉了。"

"有这个可能。"邱添说道。"但也有一个可能，这个小广告不是沈旺祖收到的，而是他要发出去的。只要有打印机和名片纸，这种东西自己也可以打印的。"

李秉文拍了一下桌子。"所以，这一切就都合理了。大廖，把照片生成的文件送网络和信息处，让他们分析。还有，盯住那个环卫工人。"

两天之后，邱添再次被请到了侦查处。网络和信息处分析了照片，文件大小为

24.8M，对于一张高清晰度照片来说是正常的，但经继续分析发现这张色情图片并不简单，它实际上是一个加密的文件被伪装成了图片文件，网络和信息处正在试图破解加密文件。

"破解需要多久？"李秉文问。

"难说啊！没有密码，还是有难度的，他们在同时使用 11 种不同的软件尝试破解。要是有了密码，那就不费吹灰之力啦。"廖在先问道。

储金声提议道："我们是不是可以考虑摸出来沈参谋长的联系人，从联系人那里突破，收到文件的人想打开文件，也是需要密码的。"

李秉文摆了摆手。"容易惊动沈旺祖。而且，你们也注意到了，这个人思维和行动都非常缜密，非常隐蔽，我分析不太可能采用固定密码，一定是临时密码，一定还有一个方法传递密码，而且文件和密码是不同的渠道。安全，他首先考虑的是安全，否则他也不可能隐藏这么长时间而不被发现。"

"根据我们的监控,他3号遛狗和扔垃圾之后,在大院里就再也没有其他的活动了。传递密码会不会是在其他场所,比如单位,或者是趁着外面参加活动的机会。刚才处长也说了,文件和密码可能是不同渠道。"廖在先一边思考一边说道。

"沈旺祖家的狗养了几年了?"邱添问道。

"邱副局长,七年了吧,应该是差四个月七年。"廖在先看了看储金声,储金声点了点头,算是确认了。

"登记过么?"

"登记了,沈参谋长还是很严谨的。也注射过射频芯片,就是宠物电子身份证,他们家算是办理比较早的一批了,我们向当时给狗注射的兽医诊所核实过了,兽医还记得沈参谋长夫妇两个讲的给狗改名字的事情呢。"

"现在看,人有问题,狗也有问题。"邱添语气肯定地说道。

"狗会有什么问题?他们家的狗大多数时间是焦燕带着在大院里溜,偶尔是沈参谋长或者是他的警卫员带下楼溜一圈，从来不出大院的。焦燕也不太爱和别人聊天，和其他的狗主人大多是点头之交而已。"廖在先有些不解。

"垃圾里面是二维码，或者说是文件。狗身上有芯片，芯片里面会不会携带了密码？沈旺祖、垃圾和狗三者合为一体的时候，就是传递情报和密码的时候。"

廖在先恍然大悟。"明白了！我安排人扫描一下狗身上的芯片，反正也是无接触的，装作路过就可以了。"

"焦燕遛狗的时候先扫一次。沈旺祖下次遛狗扔垃圾的时候，一定盯死了。"李秉文嘱咐道。

"是，处长。"

几天后，李秉文找到邱添，难掩心中的兴奋。"邱副局长，昨天沈旺祖又遛狗扔垃圾了，同样的手段，狗身上的芯片平时写的是狗的信息，但昨天写的是密码，说明他自己家里有仪器！昨天传递的文件咱们既获得了文件又获得了密码，文件很顺利地就打开了，沈旺祖百分之百有问题，这下可以锤死他了！"

听到这个消息邱添也很开心。"这可太好了，李处长！咱们找了这么长时间，重要拿下了！希望他就是'秒表'，不然我们还得继续找。"

"抓么？咱们一起审，搞搞清楚！"

"李处长，我同意抓捕沈旺祖。不过你请示郝局长吧。如果局里同意抓捕，我也不能和你一起审了，我要出趟差，'秒表'的事情就拜托你了。"说着邱添从抽屉里面取出了托托克耶夫斯基送给她的那块黄金外壳的秒表递给李秉文。"这个道具送你了，也许你能用上。"

沈旺祖被秘密"请"到了二局。

坐在问询室里的沈旺祖泰然自若，李秉文还没有开口，沈旺祖迎头便问："你就是代号'邱小姐'的那个人吧？我知道你一直在找我。"

"我就是'邱小姐',你怎么知道我的?"李秉文尽可能把惊讶的表情堆在脸上,尽管心里的确感到惊讶。沈旺祖的问题也让在观察室里的郝局长在心里愣了一下。

"我们都是高智商的人,没必要兜圈子。俄罗斯人告诉我的,'邱小姐'在找我,他们说了,'邱小姐'虽然是将军军衔,但非常残暴,而且杀人不眨眼,提醒我千万要小心。"

李秉文笑了。"你好好看看我,我是他们说的那个样子么?我身上有哪里像凶神恶煞么?"

李秉文心中暗自庆幸,看样子俄罗斯人和沈旺祖的沟通并不是非常充分。

"知人知面不知心。很多事情不是看上去的样子,或者你看到的只是别人想让你看到的样子,但你却误认为你看到的就是真相。"沈旺祖振振有词。

李秉文拿出黄金秒表放到沈旺祖面前,问道:"是你吧?是他们给你的代号,还是你自己起的代号?"

"是我,我自己起的代号。"

"为什么叫'秒表'啊?有什么特殊意义么?"

"你看看就明白了。"沈旺祖说着,用食指敲打了几下面前的秒表。"秒表上有两个表盘,一大一小。我的小学体育老师跟我说过,人们都习惯盯着秒针,秒针大,显眼,没人会注意小表盘上的分针的,但是两个表针缺一不可。我平时的言行就是那个秒针,但我还有另外一套分针系统在运行。"

"不累么?我听着都累!"

"乐在其中。其实你们抓黄靓萌的时候我就确认你们已经怀疑我了。让黄靓萌接近我,这原本就是我让美国人安排的,只是她自己不知情而已。当时你们动手早了,不然她还会用捏造的证据陷害我,如果真是那样,你们就得调查我,我们也就能早点儿见面了。"

"这么自信么?就不怕我们查出来?"

沈旺祖笑了笑。"不怕,假的真不了,我从不怀疑你们的专业性,查来查去只能更加证明我的清白。后来俄罗斯人又告诉我，说'邱小姐'在找'秒表'，我就知道前面我的设计是正确的，你们还是找不到我。"

"设计得不错，你的确挺有才的，也坦率，敢作敢当，可惜用错了地方。你为什么要背叛你的国家，背叛部队呢？"

"我适合在更大的舞台上，我可以在美国人和俄罗斯人之间周旋，我甚至可以在更多的国家之间周旋。如果国家需要我，我还可以利用我的位置，满足国家需要，给他们传递真真假假的情报，我能控制住局面。"

"你不觉得你已经完全丧失了逻辑性，也完全丧失了道德底线么？国家和部队培养你这么多年，最后你却成了丧心病狂的疯子！"李秉文感到发自内心的愤怒和无奈。

沈旺祖对李秉文的话很不以为然。"我不寻求任何人的理解。燕雀安知鸿鹄之志。"

"你这个自诩的鸿鹄恐怕也飞不起来了。"

"未见得吧。"沈旺祖显得胸有成竹，甚至有些嚣张的样子，倒是很符合他平日里动辄就要实施毁灭性核打击的形象。

李秉文指了指沈旺祖，对他说道："你站起来，飞一下给我看看。"

"我不会给你任何机会和借口的。俄罗斯人会把我交换回去的。"

"刚才你还说自己是高智商，我怎么觉得你根本就不会写智商两个字呢？你今年是不是连三岁都不到啊？这种鬼话你也会信么？"李秉文冷笑了一下。

"当然信了。无论是美国人还是俄罗斯人，他们都可以通过我完整地了解火箭军，我还有很大的价值没有被他们开发出来。俄罗斯人想夺回土地，他们忌惮火箭军，所以他们格外需要彻底了解火箭军，他们会不惜一切代价把我换回去的，我完全有理由相信他们的话，这不是盲目相信，这叫审时度势，合理判断，果断决策，所以我才是参谋长。当然，如果你们需要我向他们提供特定的情报，我也是可以做到的，那样你们也有理由交换我。"

听到沈旺祖的话，问询室中的李秉文已经几乎无法按耐心中对沈旺祖的鄙夷和愤怒了，但他尽量保持克制。"我应该找人给你刻匾挂在你们家门上，'恬不知耻'！"

听到这里，观察室里的郝局长突然起身离开了，他的秘书也不知道局长要去哪里，只得在他身后紧紧跟随着。

郝局长快步冲进了内保处的欧阳忠处长的办公室，气还没喘匀便问道："欧阳，邱添现在在哪里呢？"

"局长，您忘了？邱副局长执行信工委的任务，正在飞机上呢。"

"这个我知道，飞机是你安排的，我是问你她现在的位置。"

"哦哦，局长，您稍等我一秒钟。"欧阳这才明白过来，赶忙问了邱添所乘坐的飞机目前的位置。"局长，飞机还有 20 分钟到就离开中国领空进入俄罗斯领空了。"

"我命令！"

"是，局长！"

"第一，联系当地空军，让他们派战机拦截，护送邱副局长的飞机返回北京，要绝对保证安全。第二，联系机长，命令飞机绝不能飞出中国领空，立刻返航。第三，你按一级任务派人去机场，把邱副局长接回来，直接送到我办公室。执行吧！"

"是，局长！"

郝局长刚出欧阳忠的办公室，又转身回来。"欧阳，我可不是关主任，出了事让你退役就算了。我告诉你，要是没把人拦回来，我送你上军事法庭！"

"是，局长，保证完成任务！"

问询室里对沈旺祖的审问已经告一段落，沈旺祖居然恬不知耻地主动提出实施所谓的反间计，自己做多重间谍。

李秉文起身在沈旺祖面前踱了两趟，停下来对他说："沈旺祖，正式认识一下。我是总参二局侦察处处长李秉文，我没有代号，我不是'邱小姐'。你过于自信了，你认错人了。"

沈旺祖掩饰不住内心的错愕，他忽然感到愤怒，继而失望，再而愤怒。"我要见真正的'邱小姐'！"

李秉文笑了。"你这种低版本的残次品，根本没有资格见'邱小姐'。"

"邱小姐"此刻正在返回北京的途中。

邱添原本是要乘坐专机去俄罗斯的，这也是根据主席出访俄罗斯时双方达成的协议，探讨军事情报交流的可能性。

列昂尼德对中国和西方都不信任，但考虑到中国的影响力，如果能够通过中方获取一些关于其他国家针对俄罗斯的军事情报，既可以作为对自身情报系统的补充，又可以增加双方的互相信任，毕竟俄罗斯打算暂时和中国合作，保持经济和制造业发展的水平。当然，如果能够达成军事情报合作的意向，俄方也会向中国提供一些其他国家针对中国的军事情报，毕竟西方国家喜欢中国的不多，这方面的情报还是好搞的，数量也充足。

列昂尼德想找一个自己能够相对信任的人谈，他和邱添虽无深交，但毕竟邱添搭救过自己，到目前也没有生出嫌隙，于是俄方按照列昂尼德总统的要求，点名希望"邱小姐"代表中方参加商谈。军委研究后同意了俄方的要求，责成信工委落实具体安排。前期的沟通和准备工作进行得很顺利，双方很快达成一致，并且确定了在俄罗斯的布良斯克会面的时间。二局责成内保处安排"商业包机"，邱添只带了秘书唐雅墨前往。

唐雅墨的父母都是军人，受到家庭的影响，唐雅墨大学报考了军校，毕业后被当时的二处选中，实习期过后给郝局长做秘书，但郝局长觉得男秘书在身边更方便些，同时又觉得唐雅墨是个好苗子，没多久就调她在二局的各个处室轮转，一转就是五年，再后来她又被调到机要室，这才算固定下来，这期间无论岗位有什么变化，唐雅墨都非常踏实，好学肯干，大家对她的评价很好。邱添做专职副局长后，郝局长和政委商量，觉得唐雅墨政治可靠，精通英语和斯拉夫语系，熟悉各处室的工作，又了解一定的机要信息,正好可以辅助邱添,便安排她专职做邱添的秘书。

唐雅墨和邱添几乎没有花什么时间磨合,两个人的相处很融洽和随意,配合也挺默契,不过唐雅墨的心里还是有两个疑问一直没有解开。

一个困惑是两个人刚刚一起工作两周,邱添就让唐雅墨安排时间每周去两次培训中心,邱添还亲自找了刘博涛,让老刘给唐雅墨安排最好的教官,单独为唐雅墨进行为期半年的个人防卫技能培训。唐雅墨想不明白的是,自己是文职出身,这种短期的个人防卫培训,就算训练再刻苦,也只能应付一下一般的状况,根本比不得专业人员。邱添的级别原本就应该配备警卫员的,或者当初干脆安排一名警卫秘书也是合理的,为什么要让自己半路出家学这些。

唐雅墨最大的困惑是邱添从来不让自己跟着一起出差,即便是像去西山关主任的办公室这样的常规外出,只要离开二局核心区域,邱添就会和自己分开,两个人分头走。但她又从来不觉得邱添对自己有什么意见或看法，这也让她感到很苦恼。为此她还找过政委，政委倒是省事，没有正面回答，让她找机会自己问邱副局长。

这次去俄罗斯是唐雅墨第一次和邱添一起出差，出发前政委找到了唐雅墨。"小唐，你心里一直藏着的问题，路上你问问邱副局长，好吧？"

"政委，我直接问邱副局长，这不太合适吧？还是我自己再体会体会领导的思想吧。"

"心里有疙瘩不利于工作，也不要瞎猜测，那样更容易出问题。你就直接问她，自己的问题自己解决。你以为我这个政委是干什么的？出了问题有我兜着呢，你不用怕！"政委笑着嘱咐道，感觉很轻松的样子。

唐雅墨的心里并不轻松。她想着去的路上没什么事情，尽早找个机会聊聊，返程的时候也许就没有合适的机会了。但邱添一上飞机就开始睡觉了，唐雅墨一直盯着，想邱添睡醒了就痛痛快快地问一下，但一直没有机会。

"雅墨！你过来，躺我旁边的座位上来！"

唐雅墨刚刚把目光移向窗外，忽然听到邱添喊自己。她从座位上站起来，随手拿了个盖毯走过来，躺到了邱添旁边的位子。

"还得几个小时呢，能不能睡着放一边，躺着舒服。"邱添也没有看唐雅墨，继续说道："雅墨，你是不是有话要和我说啊？你从上飞机就盯着我，心里有事啊？"

"我以为你睡着了呢，原来你都知道。"

"我习惯了，随时睡，随时醒，睡着了也是醒着的，不然会没命的。对了，你是不是有平时不方便的话要说啊？"

"邱副局长，真是什么事都瞒不过你。我心里一直有两个问题，我也找过政委，他让我直接问你。那我可就直接问啦？！"

唐雅墨终于问出了在心中埋藏已久的问题。

"雅墨，你的两个问题其实是同一件事情。我先问问你，你在个处室都干过，机要文件也接触过，我的情况你了解多少？"

"太少了，几乎不了解。你的关系正式转到二局之前的事情我什么都不知道，估计整个二局也没什么人知道。你关系转过来之后的情况，我其实也只是零星地知道一点点。"

"那我明白了。雅墨，我不和你一起出二局的核心区，是和我的经历有关，因为我的死敌太多，随时都会有人突然冲出来要除掉我。咱俩不在一起，对你来说相对安全些，让你练个人防卫也是为了你的安全，预防万一嘛。"

"现在我明白了！不过，邱副局长，我虽然是文职，但是我不怕危险的，我也学了个人防卫了，以后我可以和你一起外出或者出差的。"

"我知道你不怕，你受你爸爸影响很大，挺勇敢的，也有韧劲。但咱们首先要保护好自己，然后才能消灭敌人。咱们的工作必须面对危险，但咱们绝对不能冒险。"

"郝局长跟我说过，你非常厉害，服役 20 多年了，让我跟着你多看多问多学。那我能不能主动要求，你后你出差带着我一起啊？"

"你看，这趟出差就是咱俩一起，算第一次吧，以后只要有条件，咱俩都一起外出或出差。"

"真的？那可太好了！要说政委也是神机妙算，他逼着我自己问你，还就真的问出我想要的结果了。"心结打开之后的唐雅墨心情大好，笑得很开心。

"哎，雅墨，这次出差你的心里紧张么？"

"说实话，我是又兴奋又紧张，压力还是挺大的。对了，邱副局长，为什么要选这次任务带我一起参加啊？"

"这次任务是去国外，陌生的地点，不同的语言，对咱们充满敌意的谈判对手，又是在他们的地盘，还有距离、时差等等，我们也没有后援。"

"是呢,这一切对我都是陌生的和未知的,这正是让我紧张的地方。"

"咱们假定你的承受能力有一个阈值,如果这次你能够坚持下来,以后只要难度比这次任务小的,你都能完全适应。要是遇到压力比这次大的任务,你努力一下也应该能很快适应。你的承受能力的阈值会越来越高的。"

"领导对我用心良苦啊!"

"这你还得感谢郝局长。他跟我说过,你是个好苗子,他安排你轮转才是用心良苦呢。你不像有些人那么浮躁,你到哪个岗位都肯学肯干,局长都看在眼里呢。"

机长突然从驾驶舱里出来,打断了她们的谈话。机长接到命令,飞机不得飞出中国领空,并且立即返航北京。

唐雅墨指了指舷窗外。"邱副局长,那是咱们空军的战斗机么?"

"是。"

"你看都没看,怎么能这么肯定?"

"如果是敌机，咱们就不会有机会返航了。空军来，一是防止机长拒绝返航，二是给咱们护航的，现在可以安心地睡觉了，到北京还得一阵子呢。"

关栋天也在郝局长办公室，邱添打过招呼后就向郝局长抱怨起来。"局长，怎么还让空军押解我回来啊？弄得好像我叛逃了似的！"

关栋天对郝局长说："老郝，刚才我说什么了？我说这丫头一进门就得发牢骚吧？你看看，我说的准不准？"

郝局长也笑了，指着关栋天旁边的位子说："你坐下说。告诉你吧，咱们把沈旺祖抓了，秉文已经审完了，沈旺祖就是'秒表'。"

"太好了，这么长时间，总算是找到了，一开始我还担心他不是呢！他要是再不是'秒表'，火箭军的人就该让咱全抓起来了。"邱添看着郝局长说道："不对啊，局长，已经找到'秒表'了，那您突然把我叫回来是为什么啊？"

"这还得感谢沈旺祖。是沈旺祖的一句话提醒了我。他说他还有价值，俄罗斯人会把他交换回去。这个关键时刻要是俄罗斯人耍无赖把你扣留了，关主任能饶得了我？这不，大半夜的，关主任亲自坐到我办公室里来要人了！"

关栋天忙摆手。"别什么事情都把我扯进去啊！"

三个人说得正热闹，郝局长的秘书说俄罗斯方面打电话过来了，要找邱添。

"说曹操，董卓就到了。接过来吧。"郝局长说道。

"邱小姐，请稍等，总统先生要和您通话。"电话里传出来一个播音员一般的声音。

列昂尼德的语气有些不高兴。"邱小姐，我以为你是个讲信用的人，但看来我错了。我想问一下，为什么约好的事情，你不打招呼就突然单方面取消了呢？你为什么不见我的人了呢？"

"总统先生，我赶回北京，就是为了见你的人，你的'秒表'先生。"

列昂尼德的情绪转换快得有些出人意料。"哦，添，你找到'秒表'了，恭喜你啊！看来我有损失了，你有什么建议降低我的损失么？"

"很遗憾，阿历克塞，你的'秒表'可能无法修复了。我相信你还会送新的秒表到我的钟表店里来的，祝你下次好运。"

"添，我们还可以再谈谈么？"

"当然了，阿历克塞，我的钟表店一直都开业的，随时欢迎你光临。"

"好吧，我会再联系你的，添。再见！"

为了保护二局在美国五角大楼的信息来源，二局开始和俄罗斯协商交换"秒表"的条件，美国人很快通过在俄罗斯的卧底知道了中国抓获了俄罗斯间谍"秒表"的消息，也意识到了"秒表"是美、俄双重间谍。

二局已经达到了传递消息的目的，遂以双方不能达成妥协为由终止了和俄罗斯人的谈判。沈旺祖被以叛国罪和间谍罪起诉，交由军事法庭审判，但并没有对社会公布消息。

第八章　伏尔加河畔的雅罗斯拉夫尔

关栋天陪同军委主席和新上任不久的陶副主席视察总参二局并接见处级以上干部。徐政委提前和参加接见的二局干部打过招呼，主席的任期还有一年半，为了保证平稳过渡，现在已经开始交棒给新任副主席了，这次视察也是工作交接的一部分，希望参加接见的人员展现出积极饱满的精神面貌。

而按照以往的惯例，主席已经陪同陶副主席视察过全军的主要部门，完成了交接。军事情报部门是最后视察的，二局又是被排在了各军情部门的最后，最后一道关口的寓意很明显。

按关栋天的经验，副主席全面接手后，部队会陆续有一批将领的任免，但军事情报系统的人事变动会非常微小，毕竟情报系统人员的稳定是非常重要的，特别是一些重要和关键岗位，是不适合频繁的人事变动的。

视察和接见的氛围很轻松，主席没有讲话，副主席的讲话也是以勉励为主，并没有太多地涉及到实际工作。

视察结束后，陶副主席问关栋天："关副主任，邱添副局长很年轻啊！我看开会时其他干部都在做笔记，她什么都不记，连笔记本都没有，这挺有意思啊！她一直都这样么？"

"副主席，邱添入伍早，虽然年轻，但她已经是老兵了。她开会或者接受任务等等情况，都是不做任何记录的。对她来说写成文字可能会泄密，但记在她的脑子里，绝对不会泄密。"

"这么有把握么？"

"是，副主席。邱添的观察力和记忆力惊人，她做拼图游戏都是用一张白板做成的拼图，两千多个碎片，没有任何颜色和图案，她只凭对形状的观察和记忆很快就能拼出来。"

"是挺厉害，不过我问的是，是不是有保证她绝对不会泄密的把握？"

"副主席，有这个把握，这是经过24年生与死的考验得出的结论。"

主席也补充道："的确是这样。邱添最好的特质是忠诚。她不是对个人的忠诚，而是对部队，对解放军的忠诚。事实证明，她的忠诚是完全可靠的，再加上她出众的个人能力和丰富的经验，这样的干部是可用的，也是好用的。"

军委主席对邱添的评价很高，但令所有人意外的是，两周之后，邱添被免去了总参二局副局长职务，暂时被调往二局培训中心，等候新的工作安排，邱添的秘书唐雅墨也重新回到机要室工作。

郝局长和徐政委宣布完命令，邱添问道："局长，我接受命令，服从安排。但我想问一下，我是不是什么犯错误了？"

"本来应该是关主任宣布命令的，但有些特殊情况，局长代替关主任宣布了。这也是正常的干部任免。你去培训中心就挺好，刘博涛肯定会把零食给你准备充足的，你小心，可不要吃胖了啊！"徐政委语气显得很轻松，但并没有直接回答邱添的问题。

"是，政委！局长！保证完成任务！"

邱添刚要离开郝局长办公室，被郝局长叫住了。

"政委，还是告诉她吧。"郝局长见政委点头同意，又转头对邱添说："是陶副主席的意思，说你年轻，要先从基层锻炼和接受考验之后再提拔。老关不同意，副主席说他搞裙带，任人唯亲，毒化干部队伍。老关当场拍桌子了，多少年没见他生这么大气了，还是跟首长。"

徐政委叹了口气。"是啊，老关也是，上了年纪，身体又不太好，还记不住控制自己的情绪。当年在张家口被俄罗斯人炸的旧伤犯了，血压也上来了，当场就昏过去了，已经住院了。"

"那我去看看关主任吧！"

郝局长连忙摆手。"你可千万别去！老关特意嘱咐了，不让我们告诉你，也不让你去！你要是去了，他又得骂我和政委。"

"邱添啊，握个手吧！"政委伸出手来。"估计后面还会有些干部任免，郝局长和我这对老搭档也许都会有调动，咱们再见面不知道何时何地了。"

郝局长也过来和邱添握手。"是啊，这么多年也没握过手，算我一个。不过别听政委的，他太消极！还是政委呢！要坚强，要积极，要有信念！"

"局长，政委，你们怎么突然就交换了角色了呢？我都不适应了！"

邱添还是去医院看望了关栋天。105医院住院部 10 层甲区，关栋天的病房门口站着他的警卫员，病区楼道里分散着 10 名二局内保处的武装便衣人员。

邱添问现场带队的任科长："电梯附近的两个人是谁？"

"报告，他们是今天早上来的，1:30 换过一次班了。我们查过了，他们是总政八局的。"

"关主任知道么？"

"我们以为是信工委安排的,就没专门向关主任汇报。"

邱添捧着一束鲜花,蹑手蹑脚地进了病房,见关栋天正在看手机。"主任,能刷手机不能上班,您泡病号呢?"

一见是邱添,关栋天摘下花镜,把手机丢在一旁,打量着邱添说道:"你来医院看我,就带一束花啊?"

"我带一根大金条,您敢收么?花还不行啊?真是的!"

"你这丫头,什么时候学得伶牙俐齿了?"关栋天又转头对秘书说道:"你先出去吧,我们说会儿话。"

见秘书出去了,关栋天问道:"不是不让你来么?怎么不听话呢?"

邱添用食指划了个圈。

"查过了,没有监听。"关栋天摆了摆手。

"总政八局的两个人在电梯附近,不像是执行保卫任务的。"

"哦，好，我知道了。"关栋天招手让邱添坐到自己病床旁的椅子上。"老郝宣布命令了？"

"嗯，他和政委一起宣布的。"邱添看了看关栋天的水杯，又往里面添了些热水。"您也真是的，为了我顶撞首长。您这辈子经历的事情还少啊，怎么这会儿突然就忍不住了呢？"

关栋天无奈地摇摇头。"也不全是为了你，你的任免就是个导火索，你是第一个被免职的，但不会是最后一个。现在的氛围不太健康，自古一朝天子一朝臣，二号首长可能是想提前换人，顺利过渡，其实这倒也是很正常的，但他太心急了，接手才多长时间啊，在其他部门的动作都很大。咱不管其他部门，可是情报系统需要可靠和稳定的专业人员，不宜变动太大。看看发展吧。"

"那您？"

"无论如何，我肯定都是要退的，就算是主席再干一届，我也要退休了。我原来盘算着，我退下去，但现在在职的这批骨干应该保留下来，咱们的工作是有特殊性的，我心里想的是这个啊！"

果然，关栋天出院不久就被免去了信工委副主任职务，改任信工委顾问。原总政八局局长方元接任信工委副主任，董德任八局局长。

郝局长被免去总参二局副局长职务，调往西部战区任研究员，徐政委被调往中部战区纪委，副局长马啸留任二局副局长，原总政八局副局长鲁东岳调任总参二局局长。就连在家修养多年，久不出门的邱清丽也被要求补办了退休手续。

邱添被任命为总参二局培训中心一级教官，同时被要求腾退梧桐街6号，由培训中心分配宿舍。

虽然没有说腾退的期限，但第二天邱添就和局里办理了交接手续。原本就没有什么私人物品，邱添和夏晓宇简单收拾了一下，一起搬到了公婆家暂住。知道小两口要在家里住一段时间，夏晓宇的父母倒是高兴得不得了。

周四晚上,柳莺给邱添打电话,让邱添和夏晓宇周六去家里吃饭。

"姐,这周不行,我和夏晓宇得去看房子,周六要看两个楼盘呢。"

"你们现在买房啊?房价正往下跌呢,算下来得差不少钱呢,再等等吧!"柳莺还是知道些行情的。

"着急啊!单位把梧桐街的房子收回去了,夏晓宇又不能跟我去住宿舍,我们俩现在住我婆婆家呢。你也知道,楼里邻居太多我睡觉有问题,我不能睡实了,时间长了我身体扛不住,我们看的房子也都是郊区人少的地方。"

"行了,你们俩听我的,周六先别看了,也不差这一两天的。你们先来我家里,我给你们说说你们再决定,买房子你姐我可比你懂得多了。"

邱添被调到培训中心之后,刘博涛不但没有给邱添安排工作,反而给她安排了高强度训练,周五训练结束时,刘博涛正在休息室等着邱添。

"这个星期爽了吧？我看你还行，当了这么久的领导，这种强度还能跟上，下周给你再上点儿难度吧！"刘博涛似乎非常满意自己的安排。

"老刘，你是不是想整死我啊？还嫌我不累啊？"

"累点儿好啊，脑子里没时间想乱七八糟的。再说了，你也是机会难得，你哪天调回局里，想来我这儿也没时间了。"

"回局里就别想了。你别说，这周过得还真是不错，我感觉又回到过去了。"

"回到过去是什么意思啊？你是不是老了啊？怎么还忆往昔了呢？"

"你才老了呢！我还是少年呢！"

"好，你是少年！那下周继续加油吧，少年！"

"老刘，你还是赶紧给我安排点儿具体工作吧，不然别人会说你闲话的。"

"我才不听那些屁话呢，不管他们说什么，这里都是我说了算，我是培训中心的主任。再说了，这也是工作啊，我问了，和你搞对抗演练的教官们都说学到不少东西，这就是培训的一部分。"刘博涛犹豫了一下，继续说道："哎，邱添，你在培训中心的时候，一个是保持心态，一个是保持状态。我是相信你的，但其实也有点担心，主要还是担心你的心态。你不当领导倒是没什么，但是让你闲着，你恐怕受不了。"

"老刘，我明白你的用心。你放心吧，我没问题，我又没犯任何错误。当年我妈妈去过档案室，还差点儿上军事法庭。跟她比，我现在就挺好，还有你照顾着，而且咱们军人也必须服从命令，我就踏踏实实地待在培训中心了。对了，老刘，我可以当教官的，说不定还能教得不错呢。"

"你就认真训练吧。不过你要是有兴趣，可以学习其他的东西，密码，通讯，网络，电子侦察什么的，你自己安排。"

柳莺和杜辛仕在京郊的四合院里又新添了一盆杜鹃，邱添和夏晓宇到的时候，柳莺夫妇刚刚侍弄完院子里的花卉。

柳莺劝邱添和夏晓宇等房价降到谷底又开始回升时再买房,让两人先住在自己的四合院,自己和杜辛仕住到婆婆家。

"这可不行!"邱添连连摆手。

"有什么不行的!我也不是因为你,是因为老太太年纪大了,现在特别喜欢身边总能有人,也需要人照顾。我和大肚肚本来就打算住到婆婆家的,老人在的时候多陪陪,免得老人走了自己又后悔,你说是不是这个道理?"

"姐,那也不合适。我和夏晓宇现在住婆婆家挺好。我们结婚前我婆婆就说让我们买房,是我自己一直觉得不着急的,现在正好是个机会,我们早晚也是要买房的。"

"买可以,也没那么着急啊。我们的这个院子多好啊,要说买东西那的确是不方便,不过你们可以下班捎回来。这房子周围没几户邻居,多清净啊,你一准儿能睡好觉。而且你们俩从我这儿去上班,比从梧桐街去也就多半小时的路程,你们买房也不一定比我这里合适。房子你们可以先看着，看合适了再买，买房子可不是买菜，不能着急。"

杜辛仕也说道："就是，我们真的是要去陪我老娘，不然房子也是空着，你们就当给我们看房子了。"

"这真不行，这可不是三两天临时住一下，我们不能鸠占鹊巢啊。"

柳莺突然沉下了脸。"邱添，你跟我说实话，你是不是从一开始就敷衍我，压根儿就没把我当亲姐啊？说明白了我绝不会怪你，咱俩还是好朋友。"

邱添忙说："姐，真的不是。跟你说实话，你在酒店房间里和我说的时候我没明确答应，那时候我确实在犹豫。但在飞机上咱们认姐妹，我是真心的，所以我才正式向局里汇报了，结果被政委和局长轮番骂了两个多小时呢，非得说我搞江湖义气，让我离开二局，上水泊梁山当大王去，等哪天被招安了再回二局。"

柳莺这才笑了。"你们领导还挺幽默的。行，姐信你。那你听姐的，就住姐姐家！"她又看了看夏晓宇。"我说，夏晓宇，我们这儿说了半天了,你倒是表个态啊!你们住还是不住啊?"

夏晓宇忙说:"姐,我和邱添商量一下。"

柳莺杏眼圆睁,指着夏晓宇说道:"我问你自己的态度呢,你商量什么啊?你看看你那怕老婆的怂样!"

杜辛仕忙按下了柳莺的手。"莺莺,你说妹夫的时候能不能注意一点儿,不要内涵我好不好!"

四个人笑了半天,邱添和夏晓宇商量了一番,决定搬到柳莺的四合院来住。

饭后杜辛仕沏了茶,四个人坐在院子里闲聊,柳莺向邱添问起了孩子的事情。"你们俩都 30 多了,想要孩子得抓紧了。赶紧生个孩子,公公婆婆身体还好,也能帮你们一下。"

"姐,你们俩一直没有小孩,有什么打算么?"

"我跟你姐早就商量过了,我们就不打算要孩子,就我们俩过一辈子,我拉琴,她唱歌，逍遥自在的，这多好啊！"杜辛仕说道。

"哦，你们是自己有打算啊！我和夏晓宇倒是想有个宝宝，但一直没有嘛。"

"你们俩检查过没有？"柳莺问道。

"啊？这有什么好检查的？我们俩年轻，身体都挺好的，有就有，没有就没有嘛。"

"你傻吧？要相信科学，懂不懂？我认识一个中医挺厉害的，这些年我一直找他，不行你们先去看看，之后再去医院检查一下。"

"算了，姐，我还是去776医院找王阿姨吧，生人给我做检查我害怕。"

"随你，我也害怕，怕人家一碰你，你再你掐死人家！哎，不开玩笑了，你们俩得尽快！早不跟我说，还以为你们也不打算要孩子呢，不然早让你们去了。"

和王主任约好了之后，邱添和夏晓宇一起去776医院做检查，因为邱添多次受伤,特别是在贝尔格莱德的那次重伤,导致无法生育。

邱添突然感觉人生一下子滑入了谷底,夏晓宇倒是觉得无所谓,还一直在宽慰邱添。

"这下你爸妈该伤心了,他们一直盼着抱孙子呢,要是告诉他们,他们肯定会受打击。"

"我和他们说。再说了,这也没什么好伤心的,最多失落两天,也就没事了。现在还有好多人不要孩子呢,你看莺莺姐他们两口子不就是嘛。"

"都像你这么没心没肺的!人家那是自己不想要孩子,我是不能生孩子,这能一样么?你说实话,你就不失望么?你会不会怪我?"

"我才不失望呢,更没有什么要怪你的!我爱你,就爱你的一切。而且,现在更好了,你所有的爱都得给我,没人能和我抢了。"

"口是心非!"

"我才没有呢。对了,我有个打算,但是没有你又干不成,你要不要先听听啊?"

"一听就没好事!你又憋什么坏主意呢?"

"绝对是好主意。你最近不太忙,能不能请个长假,咱俩去旅游一趟啊?"

"旅游?去哪儿?还长假,你打算去多长时间啊?"邱添瞪大了眼睛,好奇地问道,这一刻的情绪也好了些。

"我想咱们两个人去自驾游,去新疆,还要专门去和田,到你上次住院的那所医院去看看。"

"你见过谁去医院旅游啊?你就爱瞎安排。"

"顺路嘛,中间的一站。意义不一样。"

"有什么不一样的?"

"上次你在那所医院里面被抢救,那里是你生命重新开始的地方,也是我向你求婚的地方,是我们两个人开启共同人生的地方。现在你又遇到了人生低谷，咱们去那里汲取力量，一切从头再来，一切都会好起来的！"

"我不去！"邱添撅起了嘴。

"老婆，我想去，你就陪陪我吧。你总不会忍心让我带着一颗孤独的心灵独自去旅行吧？陪我去一趟嘛，好不好？"

"我不想去新疆，也不想去和田。"

"那有没有你想去的地方？你想去哪里，我就想去哪里。咱俩说好了，你陪我去，好不好？"

邱添和夏晓宇去了南海。邱添告诉夏晓宇，她自己最喜欢大海，一叶扁舟在大海上飘着，船就像是人生，在生活的海洋上漂浮，永远也停不下来。和广阔且深不可测的大海相比，人渺小得微不足道，人生的失意困苦就显得格外的无足重轻，都可以被忘掉。

"老李还挺厉害的，他居然能借到帆船让咱们出海！船主和他得是多好的关系啊！"

"老李认识的人多，他人缘不错。老李很早就和我说过，他和船主是特别好的朋友。"邱添一边和夏晓宇聊着，一边调整好主帆的角度。

天空湛蓝，没有一丝云彩。海面平静，风轻柔地掠过海面，惊起了一行海鸥。船扬起帆，以3节的速度稳稳地航行着，海浪拍打着船舷，浪花欢快地舞蹈，太阳在头顶注视着他们。

"老婆，我都不知道你会开帆船。你什么时候学的？"

"很早了，我也好久没开船了，一直没机会。我上一次上船还是几年前在芬兰呢。"

"芬兰？你去过芬兰？你不是不能出国么？"

"我骗你的！"

"我就说嘛！你告诉过我，你不能出国，也从来没出过国。"

"我是说，我从来没有出过国是骗你的，我只是不能自己因私出国。"

"真的假的？你又骗我呢吧？怪不得老李总说你嘴里没实话呢！"夏晓宇以为邱添又在和自己开玩笑。

"是真的！还有一次是凌晨两点多，我落水了，还是太平洋深海，我自己在海上随波逐流地漂着，差点儿就喂鱼了，还好后来被救起来了。那次之后我就更喜欢大海了。"

夏晓宇瞪大了眼睛，惊讶得已经说不出话来。

"跟你说实话吧，没有特殊情况，我是从来不在国内执行任务的。我一直都是在国外执行单兵任务，当然，后面有超级厉害的团队为我提供保障。我去过很多地方，执行过很多任务，你也见过我的那些军功章。"

"你跟我说过，你随时会遇到危险，根本没有马革裹尸的机会，就是因为这个吧？"

"是，我每次都是独来独往的。我在和田被抢救那次，是我在贝尔格莱德被人偷袭了，当时幸好遇到金机长，是他在现场保护了我，还把我抢运回来，不然你可能连我的尸体都看不到。"

夏晓宇把邱添揽在怀里，抚摸着她的头。"你的工作不但要冒着生命的危险，还要承受孤独和绝望。"

"这些对我来说倒是算不上什么。不过可能是因为我执行任务的时候杀人太多吧，现在老天爷不让我有孩子，算是惩罚了。"邱添的太阳镜根本无法阻挡住她的眼泪。

"你这么想是错误的。你是为了保护更多的好人才去除掉恶人的。如果你不去做，也没有别人去做，就没有人保护包括我在内的平民百姓了，我们这些老百姓都是被你，还有和你一样的人保护着的。老天爷不会惩罚守护者的！"夏晓宇指了指头顶的蓝天。

见邱添半天没有说话，夏晓宇捧着邱添的脸说道："你可不能脆弱啊！那样会给你带来危险的！"

"我可能就是需要发泄一下情绪，说出来就好了。你放心吧，我不会的。"

两个人在海上航行了两周，去了西沙群岛之后返回海南岛的码头。回到了京郊的四合院，邱添发现门前的路上有陌生的轮胎痕迹，经过仔细检查，确定院子里进来过人，院内和屋内也被人安装了监控和监听仪器。邱添虽然知道监控摄像机一直在盯着自己，她还是从容地拆掉了所有的监视和监听设备。

"是谁在监视你啊？是不是有人要对你做什么啊？"夏晓宇有些担心邱添。

"只有二局的人才能轻易地知道咱们俩长时间不在家。设备安装倒是挺专业，他们要是徒步接近院子，我很可能不会在第一时间发现痕迹，但他们太懒了，多半是趁着咱们不在期间晚上开车来的。"

"可是二局为什么要监视你啊？还装摄像机？"

"等我上班去了就都清楚了。明天你先去住学校宿舍吧，如果我没联系你，你就先在学校住着。"

"你不会有危险吧？"夏晓宇的心里忽然有一种不详的感觉。

"不会的，咱俩能安全地回来，说明没人想对我做什么。"

第二天，二局鲁东岳局长突然视察培训中心，批评邱添自由散漫，命令她今后未经局领导批准，不得擅自离开培训中心，只能住在培训中心的宿舍。

接下来的半年里邱添一直没有离开过培训中心，也没有请过假。刘博涛一直没有给邱添安排具体工作，期间她像一台机器一样持续运转着，坚持每天早上6点钟起床，全天参加8个小时的不同科目学习，课余时间自行安排8个小时的体能和战斗训练，休息3个小时，5个小时用于睡眠，夏晓宇每周来培训中心看望一次邱添。

邱添在培训中心的半年时间里，中国的军事情报系统遭遇了一系列的重大损失，总参二局的损失尤为严重，多名在国外的高级情报人员身份暴露，作战处也在战斗任务中连续出现伤亡。

为了交换回3名被俄罗斯逮捕的我方高级情报人员，信工委同意了俄方提出的用沈旺祖交换三人的要求，二局执行交换任务时，俄方带走了沈旺祖，但却只放回了一名我方人员，后经查实，另外两名准备被交换的我方人员已经于交换之前在俄罗斯遇难。

部队系统因为人员的任免和岗位更换导致部分将领产生不满情绪，出现了凝聚力下降的苗头，地方上部分省部级干部也对于人事安排有些意见，国外势力趁机大举对中国进行扰乱、攻击和渗透。

军委紧急召开会议，军委主席临时终止了向副主席进行部队系统权利交接和过渡的进程。

很快，中央也召开了紧急会议，向下一届领导集体的权力交接和过渡全面停止，陶副主席暂时离开了关键领导岗位，中央开始酝酿下一届领导集体。

关栋天秘密出现在培训中心，和刘博涛谈话之后，又单独见了邱添。

"主任，您怎么来培训中心了？"见到关栋天，邱添感到有些意外，也预感到可能会有事情发生。

"我来看望你啊！小刘说你是两耳不闻窗外事，看样子是真的。你就没听说最近的变化么？"

"我每天只有3个小时的时间休息，这当中还包括了吃饭的时间，我真的是没时间管其他的事情。"

"你没时间，我来告诉你。方元被免职了，我重新担任信工委副主任了。"

"那您特意跑到培训中心来看我，肯定是有特殊的任务吧？"

"你说对了，我这趟特意来找你，还真是有特殊任务！"

"您下命令吧，主任。"

沈旺祖被俄罗斯人交换回去之后一直住在莫斯科东北的雅罗斯拉夫尔，出于人道主义考虑，二局同意了沈旺祖的妻子焦燕的出国要求，允许她前往俄罗斯。

关栋天重新接手信工委后，信工委研究决定，为了避免给火箭军带来持久的危害，立即纠正之前交换沈旺祖的错误决定，铲除沈旺祖以杜绝长期隐患。

郝局长和徐政委也已经被调回二局重新担任局长和政委，但二人目前还没有到岗，再加上目前二局的管理漏洞，关栋天决定绕开二局，指派邱添秘密前往俄罗斯执行任务。

"这次任务只能给你提供沈旺祖夫妇居住的范围，没有具体地址，不能给你提供任何后援和保障。你可以么？"

"保证完成任务！"

"一定要注意安全。我跟小刘都说过了，需要什么你直接找他要，能给你的支持比不了二局作战处，但总比什么都没有好一点。你完成任务之后还是回培训中心，在这里等待新的命令。"

"是，主任！保证完成任务！"

邱添需要首先找到沈旺祖。

二局抓捕沈旺祖之后和焦燕出国之后，二局先后两次搜查了沈旺祖的家，收缴了沈旺祖的电子设备等物品，对他们夫妇的私人物品只是做了检查，但并没有带回二局。邱添出发之前，在二局侦察处七科廖在先科长的陪同下秘密到沈旺祖家里勘察了一番，希望能够得到沈旺祖夫妇日常生活习惯的一些细小线索。

焦燕去俄罗斯之前已经把"余庆"送给了好友照看，家里和狗有关的东西已经毫无踪影。大抵医生都爱整洁，焦燕把家收拾得干净整齐，物品的归类和码放也非常有条理。

邱添在客厅向阳一侧的窗台前停了下来，指着窗台上浅浅的印痕问道："廖科长，他们家养花么？"

"是焦燕养的花，杜鹃。从她调到北京来就开始养了。"

"花呢？"

"焦燕去俄罗斯之前送人了。"

"焦燕都带走什么东西了？有清单么？"

"有。"廖在先打开了自己的军用电脑，调出两份文件。"这份是沈旺祖被捕后我们第一次搜查时的物品清单，这份是焦燕去俄罗斯时携带的物品清单。"

邱添浏览了一遍两份清单，又问廖在先："廖科长，焦燕带走了一本圣经。这本圣经原来是放在什么地方的？"

"在卧室，哦，沈旺祖一侧的床头桌抽屉里。"

"圣经是中文版么？"

"我还有印象，是中文的。咱们部队不允许有宗教信仰，但也没有证据证明沈旺祖信教，当时我们没有动那本圣经，查看过之后又放回原处了。"

邱添得到的情报是沈旺祖和焦燕住在伏尔加河畔雅罗斯拉夫尔市的琴察科大街附近，这片区域是当地人口和建筑密度都很低的别墅区，而且沈旺祖夫妇应该有俄罗斯特工负责保护，莫说近距离接触很困难，恐怕同一辆车在同一条街上连续经过两次都会被注意到。

周五下午，邱添在隐蔽观察处放出了最新型的"工蜂"超微型无人机对附近街道进行观察。她本打算通过观察每个别墅门前车辆的变化初步判断目标位置，别墅的主人通常不会突然更换车辆，如果通过连续观察发现某座别墅停放了不同的车辆，则很可能是沈旺祖的保安换班时开来了不同的车辆，需要对这座别墅进行重点观察。

"工蜂"超微型无人机飞到与察琴科大街相邻的洽尔波夫大街时，16号的窗台上的一盆杜鹃立刻引起了邱添的注意。俄罗斯的居民绝少有人养杜鹃花，结合情报分析，这很可能是焦燕，她依旧习惯性地把花盆摆放在客厅向阳的窗台上，焦燕和沈旺祖很可能就住在洽尔波夫大街16号。通过对16号的继续观察，邱添终于在屏幕上看到了沈旺祖和焦燕。

邱添观察了街区周围的环境，周六凌晨，她潜入了这片街区的教堂，爬上了钟楼。钟楼的位置和角度正好可以居高临下地观察洽尔波夫大街16号的情况。通过一整天的观察，邱添并没有发现任何情况，沈旺祖夫妇也没有外出。天黑之后，她悄悄离开了教堂，去了雅罗斯拉夫尔的市中心。

周日上午的雅罗斯拉夫尔祥和安静，路上车辆稀少，偶尔有几个路人，也都是被厚重的冬衣包裹着，抵御冬日里伏尔加河畔的寒风。市中心的先知大教堂内则是另外一番景象，教堂内灯火通明，清晨的阳光透过教堂的彩色玻璃窗投射进来，更是为教堂内增添了几分神秘的色彩。今天的大弥撒隆重庄严，雅罗斯拉夫尔各界名流和信众聚集，沈旺祖夫妇也在保镖的护卫下参加了弥撒活动。

沈旺祖在贵州工作期间结识了一名神父，在神父的引导下，沈旺祖对天主教逐步产生了兴趣，后来这名神父还介绍他认识了一名公开身份是公益组织志愿者的美国牧师，沈旺祖的思想轨迹开始出现变化。作为军人和党员，沈旺祖不能有宗教信仰，多年来他一直自己私下里研究天主教。被交换到俄罗斯之后，俄方特意为沈旺祖安排了一名东正教牧师和一名翻译，系统性地为他介绍东正教，并在街区附近的教堂参加宗教活动，很快他便接受洗礼，正式皈依了东正教。

弥撒结束后，信众开始陆续离开先知大教堂，沈旺祖夫妇也在两名保镖的护卫下随着人流出了教堂，夹杂在一众名流富豪中缓步走下台阶，准备穿过教堂前的广场，乘车返回居所。

　　一名女子从沈旺祖的身后快步走来，她一袭黑衣，脚下一双黑色的高跟鞋和双腿的黑丝袜让人感觉似乎难以抵御伏尔加河畔一月份的凛冽天气，但却和身上的黑色裘皮大衣相得益彰，辅以黑色的裘皮围巾和头上的黑色裘皮帽子，使得整个人看上去庄重雅致，并没有因为富贵的外表而显得庸俗。她带着一副黑色的墨镜，虽然看不到她的眼睛，但一眼就能看出她面庞的精致。

　　这女子气质优雅，步伐干练，在她快步经过沈旺祖身侧时，沈旺祖突然感觉自己右手的手背刺痛了一下，似乎是被虫子叮咬了一口，那正是他少时在贵州老家所熟悉的感觉。他停下脚步查看自己的右手，手背上有一个细小的刺孔，一滴血已经从伤口渗了出来，他感到一阵眩晕，眼前突然一黑，倒在地上抽搐了几下便再也不动了，左手还紧紧抓着一部圣经。

　　两名保镖立刻围住了倒地的沈旺祖，焦燕急忙附身检查，一边为沈旺祖做心肺复苏，一边要求保安呼叫救护车。圣公会医院就在离先知教堂三个街区的地方，救护车 9 分钟就赶到了现场，但沈旺祖已经没有了生命体征。

后经尸检发现沈旺祖体内被注射了一种特殊的复合毒素，这种美国军方擅长使用的靶向复合毒素可以在两分钟内导致心肌溶解。俄罗斯特工调取广场的监控录像进行分析，重点怀疑在广场上经过沈旺祖身旁的黑衣女子，那名女子进入了广场旁边的高级酒店后便无法从监控中追踪到她的行动轨迹了，调取酒店监控和向工作人员询问后也没有能够找到关于这名黑衣女子的有价值的线索。

在自己的生日之前，邱添顺利地回到了二局培训中心。

刘博涛神秘兮兮地把邱添叫到自己的办公室，还关上了门。

"老刘，什么情况搞得这么神秘？"

"这些天你不在，所以你不知道。郝局长和徐政委已经回到二局重新主持工作了。"

"看样子最近二局变化不小啊？"

"是啊！关主任讲话时说了，在二局，乃至在整个军事情报系统，可以有人情事故，但不能搞人情和搞事情，可以有政治，但不允许搞政治操弄。"

"鲁东岳呢？调走了？"邱添问道。

"嗯，调走了。但我不知道他调到哪里了。"

"老刘，现在郝局长回来了，我是不是能回家了？局长说过没有？"

"我还真的替你问郝局长了，他说现在属于特殊时期，让你暂时待在培训中心，还说让我保证你的安全，不然要送我上军事法庭。"

"郝局长就爱吓唬人。不知道他怎么想的，鲁东岳把我隔离在培训中心就算了，郝局长也不让我回家。"

"为了不让我上军事法庭，你就老老实实地在培训中心待着吧。对了，后天你过生日，我请客，让食堂准备四菜一汤，我再让人把夏晓宇接过来,你们俩自己庆祝一下。"

邱添的 34 岁生日和接下来的春节都是在培训中心渡过的。这段时间里她仍旧坚持学习和训练,每天规律地生活,一直到春节后被通知到军委参加会议时,她才知道军事情报系统已经发生了重大变化。

主席为第五个任期做出了一系列的准备和安排,具体到军事情报系统,关栋天退休,郝局长接任"信工委"副主任,邱添被任命为总参二局代理局长。

出于安全考虑,二局安排邱添重新住进了梧桐街 6 号。邱添的申请得到批准,唐雅墨调任邱添的秘书。

郝主任到任后的半年内推动了一系列改革,其中包括两项重大改革。是撤销了总政八局,部分原八局人员充实到总参二局。二是为了应对更加复杂多变和险象环生的海外安全形势,"信工委"成立了自己直接领导的秘密快速反应部队,以民间保安公司的名义负责海外成建制的秘密作战任务，与总参二局作战处各有侧重，互为补充。

秘密快速反应部队代号"深蓝"，为旅级编制，以排为最小作战单位，原军委直属合成旅特战营全员调入"深蓝"旅，并在此基础上扩充至满员，原合成旅特战营从全军抽调优秀人员重新组建。

随后邱添被晋升为上将并被任命为总参二局局长和信工委"深蓝"旅旅长，同时在信工委和总参二局任职。

在旁人的眼中，邱添可谓少年得志，平步青云，前途无量，但邱添并不在意自己的个人前途，她心里清楚，自己面前的道路将会布满荆棘和凶险，她只有一条路可以走，就是用生命捍卫自己的誓言，捍卫国家的安全和解放军的荣誉，把自己生命的全部都投入到军事情报这条特殊而隐秘的战线中，死而后已。